マル

平川克美

集英社インターナショナル

マル

平川克美

目次

装丁／大森裕二
写真提供／著者

本書には、実在する地名、店名、
人名が出てきますが、
物語はすべてフィクションです。

一九六〇——東京の南

英雄の時代

ある詩人は、「時の締切まぎわでさえ自分にであえるのはしあわせなやつだ」[1]と書いている。時の締切とは何を意味しているのか。わかるようでいて、よくわからない。俺にとって時の締切とはいつのことだったのか。そして、それはいつ始まったのか。一九六〇年代も終わろうとしている冬の日、俺はいつものようにあの場所で、ノートを開き、宛先のない文章を書き続けていた。道玄坂《どうげんざか》を登った先の百軒店《ひやっけんだな》にある喫茶店には、俺に似た何ものでもない若者たちが、ただ時間を潰すためだけの作業に没頭している姿があった。

プータロー生活に終止符を打つために小さな会社を立ち上げたとき、俺は三〇歳近くになっていた。

その頃、知り合いのフランス人が住んでいる葉山《はやま》の家に遊びに行ったことがあった。その男は、カンピニオンという翻訳者である。フランス人らしく、いつも粋な格好をしている。黒いジャケットの胸に薔薇《ばら》の花を挿して俺の前に現れたこともある。

奴は、いったいどんな家に住んでいるのだろうか。はるばる日本にまでやってきて、翻訳の仕事をしているが、そんなことをしたくて日本に来たわけではないだろう。

俺がこれまで知り合ってきた外国人、特にフランス人やイギリス人は、日本趣味というか、古い日本の文化に特別の思い入れがあるように見えたし、彼らの家に遊びに行くと書院造り風に設《しつら》えた部屋に、焼き物が並べられていたり、どこから持ってきたのか立派な欄間をインテリアにした小洒落《こじゃれ》た空間を作って楽しんでいたりするように見えた。いつの時代の日本なんだ。

あまりいい趣味とは言いがたいが、彼らが自分たちの国にはない異国の文化に魅せられているのはわかるような気もする。人は誰でも、自分にないものに対して、畏怖するか憧れる。そこには、ちょうどいい塩梅《あんばい》というものが欠如している。何かが足りないか、過剰過ぎるのだ。俺たちの欧米趣味も、彼らから見れば同じなのかもしれない。

カンピニオンには、特別日本に興味があるようには思えなかった。一体どういうつもりでこの国にやってきて、住み着いているのかよくわからないところがあった。根無草というほど無頼な印象はないのだが、どこか地に足がついておらず、異国に浮遊しているボヘミアンといった印象だった。奴はどんな生活をしているのだろうか。それには少し興味をそそられた。だから「家にこないか」と誘われたとき、二つ返事で日取りを決めたのである。

その家は、かつては山寺であったが、今は主人もいなくなり、ほとんど廃屋のような状態だったらしい。山門をくぐり、草深い、急な山道を登ったところが、彼とその家族が住む家であると事前に教えられていた。カンピニオンが鉛筆で描いた漫画みたいな地図をたよりに、えっちらおっちらと、草深い山道を登ってたどり着いた家は、住居というよりは廃寺そのもので、ほとんど傾きかけていた。

恐る恐る玄関の引き戸を引いて中に入ると、いきなり素っ裸の子どもが出てきた。まんまるな目を輝かせた栗毛で色白の幼児が、自身のおちんちんを引っ張りながら、俺を出迎えてくれた。白いシャツとズダ袋のようなズボン姿のフランス人が、よく来たなという顔をして、その後ろに立っていた。カンピニオンは、東京で会うときの小洒落たフランス人ではなく、モンマルトルの貧乏画家みたいに末枯《うらが》れた風体をしていた。

ほとんど灯りのない薄暗い部屋に案内されると、そこにはいかにも、日本贔屓《びいき》の外国人が好みそうな中古の和テーブルがあった。俺は座布団に座って、部屋を見渡した。本棚には数冊の本が並んでいた。その中に、谷崎潤一郎の『陰翳礼讃《いんえいらいさん》』があった。カンピニオンが読んだのか、それとも日本人で画家の奥さんが読んだのかよくわからない。

ふと見るとテーブルの上でカタツムリが動いていた。カタツムリが歩いた後ろには、銀色に光るぬめぬめした跡がついている。テーブルの天板の下にも何匹ものカタツムリが這い回っている。奥さんが描いたあまり気持ちの良くない抽象画の作品が、廊下に並んでいた。モデルはカタツムリか。確かに、原色の渦巻きのような絵がいくつも並んでいた。いや、ひょっとして、奴らはあれを喰うのか？

この日、奥さんは外出しているらしく、会うことができなかった。いや、会わなくてよかった。しばらくのあいだ、コーヒーを飲みながら、お互いの近況について話をした。

「いいところだね」

「奥さんの好みなんだよ」

「でも、不便じゃないのか」

「いや、ちょっと山をおりれば、売店もあるし、少し足を延ばせば、素敵なフレンチレストランがある。今度案内するよ」

「いや、そのレストランなら俺も知っている。前に、何度か行ったことがあるんだ」

「じゃあ、次回はそこで一緒に晩飯でもどうだ」

どうでもいい話に、俺は適当に相槌《あいづち》を打った。

フランス人は、夜になると、フクロウが目の高さでホバリングしているのを見ることができるのだと自慢した。「泊まっていけ」とフランス人は言った。俺は、ホバリングしながら首を三六〇度回転させているフクロウを見たい誘惑に駆られたが、寝ているあいだにカタツムリが顔の上を這い回る図を想像して、退散することにした。

帰り際、男の子が泣きそうな顔をして俺を追いかけてきて、俺の手に何かを握らせた。嫌な予感がした。

それはカタツムリだった。男の子はどんなつもりでそんなものを俺に手渡したんだろう。イタズラのつもりか、それとも、それだけしか、俺に渡せるものがなかったからか。

不思議なことに、俺は、あの孵化《ふか》したての幼虫のような栗毛の子どもの将来が気になった。こんな場所で、こんな親に育てられた子どもには、どんな将来が待っているのだろうか。俺にとっては、どうでもいいことなのに。人の生涯で、まだ自分が何ものでもないある時期、どこに居て、何をしていたのかが、その後の人生に重大な結果をもたらすことを知るのは、ずっと後になってのことだ。

学生だった頃、俺は衝動的にフランスに行きたいと思ったことがあった。それで、アテネ・フランセと日仏《にちふつ》学院に二年ほど通って、フランス語を習った。後年、仕事で南フランスの取材をしたとき、このときのフランス語が役立ったが、それ以後、俺の語学力は錆《さ》びついてしまった。何の目算《もくさん》もなくフランスに憧れる俺みたいな奴もいれば、はるばる日本にまでやってきて、カタツムリと一緒に生活しているフランス人もいる。

人生がどう転ぶかは、本人の意思とはあまり関係がないのかもしれない。偶然、いや見えない必然に導かれるようにして、旅をしているようなものだ。けれども、何かの弾みで、ほんの一瞬だけ、その必然の糸が見えてしまうことがある。これから俺が語るのはそういうことだ。

一九五〇年の夏、東京の南の場末《ばすえ》の町で俺は生まれた。九歳になるかならないかの頃、俺は実家の近くにあるそろばん塾に通っていた。本田さんという家族が経営している町のそろばん塾である。

　俺の名前はマルヲ。もちろん本名ではないのだが、小学校に入る前から、周りの人間は、俺を「マル」と呼んでいた。なんで皆がそんなふうに呼ぶのかわからなかったが、俺のまんまるのおでこが、このあだ名の始まりだったのかもしれない。従兄からは「おでこでっぱり、でんまーく」と囃《はや》された。こんな囃子唄《はやしうた》は俺が住んでいた地域だけに流通していた、ローカルで一時的なものだったかもしれないが、とにかく俺は「おでこでっぱり、でんまーく」と囃し立てられていたのである。それがいつの間にか「デコマル」と言われるようになり、最終的に「マル」になった。フランス語で「悪」。だが、悪くない呼び名である。

　最近ある方が教えてくれたのだが、「マル」は、韓国語では말、「言葉」を意味するそうである。[2]「悪」と「言葉」。妙な取り合わせだ。

　どこか因縁めいている。俺は、この「マル」という呼び名に引き寄せられるようにして、「悪」を知り、「言葉」と出会うことになるのだろうか。

　手元に、この頃の俺を撮影した写真がある。たしかに、ジュラルミンを加工した半球面のようなおでこを光らせて、俺は道端にうんこ座りをしてはにかんだように笑っている。

それは生きていることをはにかんでいる笑いのように見える。

この写真、いったい誰が撮影したのだろう。これまであまり注意したことがなかったけれど、一枚の写真が伝えているのは、そこに写し出されたものだけではない。そこにはけっして写し出されることのない誰かが、カメラのファインダーを覗き込んでシャッターを押したのである。縦型のボックスカメラの天板を撥《は》ね上げると、そこに画面があり被写体が写し出される。

この写真のシャッターを押したのは、赤貧洗《せきひんあら》うが如《ごと》き貧乏暮らしから抜け出して、初めてカメラを購入した男だったに違いない。つまりは俺の親父である。

俺はこの写真を見る度に、ファインダーを嬉しそうに覗き込んでいる親父の顔を思い浮かべる。プレス機械で切断された指が二本。後年、もう一本の指も切断されてしまったが、ほとんど気にかけている風はなかった。親父は、残った指でシャッターチャンスを狙っている。そんなことを思いながら一枚の写真を見ていると、昭和二〇年代、三〇年代の東京の南の外れの町の空気が、鼻先にツンと匂い始める。

東京ローカルの池上線《いけがみせん》沿線にあるそろばん塾は、随分繁盛していた。学習塾や、ピアノのお稽古に通う子どももいたが、俺の町の子どもたちは競って、そろばん塾に通っていた。「読み書きそろばん」が俺の時代の教養だった。

そろばん塾が学習塾と違うのは、年齢に関係なく、子どもも大人も一緒に授業を受けるというところである。学年が違うだけではなく、商店街のおばさんもいれば、セールスマンみたいな背広姿の大人も混じっていた。

小学生の俺は、夕刻五時になるとＮＨＫの大相撲中継を途中で切り上げて、そろばん塾に行かなくてはならなかった。

その日は、全勝同士で千秋楽をむかえた若乃花と栃錦《とちにしき》の、最終決戦を見届けてから塾に行こうと思っていたのだが、それでは塾の開始時間に間に合わない。

俺はぎりぎりまで、相撲中継をみていたが、肝心の取り組みが始まる前に家を出なくてはならなかった。

「巨人大鵬《たいほう》卵焼き」は俺が中学生の頃に、子どもが好きなものの代名詞になっていたが、小学生の頃は何と言っても「栃若《とちわか》時代」だった。小さな身体で大きな力士を強烈な上手投げで投げ飛ばす若乃花が、俺のヒーローだった。

栃錦も筋肉質で精悍《せいかん》な、いい力士だったが、若乃花の全身の彫像のような美しさにくらべると、栃錦のおしりにぶつぶつがあるのが、少年には受け入れ難かった。力士にとって、ケツがきれいかどうかなどどうでもよいことなのだが、少年なんて、そんなささいなことが判断の基準になったりするものなのだ。

ヒーローに憧れるのは子どもだけではなかった。栃錦と若乃花の全勝決戦の日、普段なら混雑する町の銭湯はガラ空きになった。その前年、もう一人のヒーローが、大活躍する出来事があった。巨人軍の長嶋茂雄が、史上初の天覧試合で日本中を熱狂の渦に巻き込んだのである。

七回、二点のビハインドを追うジャイアンツは、阪神タイガースのエース小山正明《こやままさあき》からルーキー王貞治がツーランホームランを放って同点とした。

阪神の田中義雄監督は小山正明に代えて、ザトペック[3]投法の村山実を投入し、同点のまま最終回をむかえる。そのとき先頭打者として打席に入ったのが長嶋茂雄だった。

カウントツー・ツーからの五球目、内角高めの速球を長嶋のバットが一閃。ボールは大きなアーチを描きながら左翼スタンド上段に吸い込まれた。

「やった、やった」

この放送を父親と一緒に、工場の小さな事務所で息を殺して聞いていた俺は、大声を出しながら飛び跳ねた。そのとき、父親がどんな顔をしていたのかはまったく記憶にないが、大歓声に沸くスタンドの様子ははっきりと俺の記憶に焼き付いている。一九五九年六月二五日の出来事である。

若乃花と、長嶋茂雄、それと力道山が小学校に入るか入らないかの頃の、俺のヒーローだった。今から考えれば、敗戦から一四年しか経過していない日本は、まだまだ健気な国だったと思う。自ら誇れるものは何もなかった時代。生きることで精一杯の時代。一言で言えば、それが昭和三〇年代初頭の日本である。

ベルトルト・ブレヒトは「英雄のいない時代は不幸だが、英雄を必要とする時代はもっと不幸だ」と言った。かっこいい。

名言収集家でもある寺山修司は、これをもじって「名言のない時代は不幸だが、名言を必要とする時代は、もっと不幸だ」と書いた。寺山の『名言集』に収められている惹句《じやっく》だが、寺山にしては工夫がない。でも、寺山修司は俺にとっていつも特別の人間だった。寺山の大嘘は、嘘をつく以外に特段の才能のないものには、救いだったからである。

ブレヒトも寺山も不幸について語ったが、俺は自分が不幸だなんて思うことは微塵《みじん》もなかった。自ら誇れるものが何もない時代とは、誰もが、何ものかになれると信じられる時代だったとも言える。それは、誰もが貧しく何ものでもなかった時代というのと同義であり、それが意味している協和的な貧乏[4]は、この時代を生きた人間にささやかな幸福感をもたらしてくれたのである。

長嶋茂雄が天覧試合で逆転さよならホームランを放った翌年は、日米安全保障条約の改定期限の年に当たっていた。

日本は、第二次大戦の敗戦、占領の時代を経て、明治以来の独立した自立路線を歩むのか、不安定な極東情勢のなかで反共政策を進めるアメリカとの軍事同盟を維持・強化してゆくパシリの役割を担うのかが問われるまがり角に立っていた。

日米安保条約改定に反対する労働者、市民、学生は、連日安保反対のデモを行っていた。A級戦犯だった岸信介首相が強引に進めようとするこの条約に、多くの労働者・学生は、戦前体制への回帰ではないのかと猛反発したのである。

この年の六月一五日には、数十万人のデモ隊が国会議事堂を取り囲み、暴力団と右翼団体がデモ隊を襲撃して多くの負傷者を出した。機動隊とデモ隊との衝突では、東京大学学生の樺美智子《かんばみちこ》が圧死するという事件が起きた。樺美智子は六〇年安保闘争の象徴になった。事件の後、彼女の遺稿集が出版されたが、そこには裕福な学者の家庭で育ったストイックな女学生が、学生運動にのめり込んでいく様子がつぶさに描き出されていた。そして、その遺稿集の表紙には、彼女の特質を浮かび上がらせる文字が並んでいた。

「人しれず微笑まん」

うーん。どうなんだろう。俺はちょっと立派過ぎる気がする。

ひょっとすると、この本を読んだのは、俺が高校生になった頃だったかもしれない。

肥大化する自我と、卑小な現実の狭間に迷い込んで苦しんでいた高校生は、この本だけではなく、若くして死を選んだ学生運動家や、病に倒れた芸術家の本をむさぼるように読んだ。あれは何だったのだろう。ボードレールは「さらば、あまりに束の間《つかま》のわれらが夏の強き光よ」（齋藤磯雄《さいとういそお》訳）と歌ったが、この時代が、束の間の激しく、絶望的で、新鮮な日々だったことだけは確かだ。

樺美智子もまた、その新鮮で苦しみおおい束の間の夏を生きたはずだ。そして、そういう生き方に特別な意味を探り出そうとするのが、青年期の特徴なのかもしれない。しかし、現実の俺は、ジメジメした梅雨どきの空の下で、さほどの苦しみもない平凡な日々を送っていただけだったように思う。

このときはまだ表面には出てこなかったが、ずっと後に知られることになる重要な出来事があった。

反対運動の盛り上がりとデモ隊の結集に危機感を募《つの》らせた岸信介首相は、赤城宗徳《あかぎむねのり》防衛庁長官に対して、自衛隊の治安出動を要請したのである。東京近辺の駐屯地では出動準備体制が敷かれた。石原幹市郎《かんいちろう》国家公安委員長がこれに反対し、赤城防衛庁長官も出動要請を拒否。

進退を賭して理性的な決断を行う政治家がこの頃の日本にいたのである。

労働者・学生の岸打倒の声は日増しに高まり、首相の側近までもがもう持たないと観念したが、岸首相はこんな言葉を言い放った。

「国会周辺は騒がしいが、銀座や後楽園球場はいつも通りである。私には声なき声がきこえる」

随分都合の良い耳があるものだ。

ただ、盛り上がりを見せる国民運動のさなかであっても、いつも通りの娯楽に興じる人々の姿があったのは事実である。歴史はいつも大きな事件や出来事として記憶されるが、背景にはいつの時代にも共通する、市井《しせい》の人々の喜怒哀楽がある。しかし、それを「声なき声」などと言ってもらいたくはない。その日その日を精一杯生きている人々にとって、「銀座や後楽園球場」は自分たちを慰撫《いぶ》する特別な場所であり、その時間もまた特別なものなのだ。彼らの政治的沈黙が、権力者に対する肯定や、迎合を意味しているわけではない。

そして、権力者の勝手な思い込みとは無関係に、時代の歯車は確実に回り始める。誰にもわからない力が、そこには働いているようであった。中天《ちゅうてん》に太陽が輝いていたとしても、どこからか激しい風が吹いてくるのが豪雨の前兆である。目を凝らして見れば、時代が大きく変化してゆく予兆は、世の中のあちらこちらに姿を見せていたが、そんなことは、後から振り返って言えることで、毎日を必死で生きている人々の目に映らないのは当然だろう。

今では信じられないようなことだが、路地裏で「アンポハンタイ」と叫びながら、デモの隊列を組んで遊ぶ子どもたちの姿があった。俺もアンポハンタイの隊列を組む子どもたちの一人だった。

その年の七月、岸内閣は総辞職し、池田勇人が新しい総理大臣になった。

池田は、東大閥で固められた大蔵官僚のなかでは、傍流の京大卒であった。昇進レースでは最初からアンダードッグのポジションにあった人物である。宇都宮《うつのみや》税務署長を務めていたときに当時は不治の病と言われた難病に襲われる。闘病中に看護に疲れた妻を狭心症が襲い、もはや再起は望めないほどの失意のどん底から再起してきた男である。税制関係の地味なポストを歩むうちに、税務の専門家として知られるようになっていった。蔵相の時代に、どこか屈託のある表情と濁声《だみごえ》で、「貧乏人は麦を食え」と言い放ったのは、後々まで語り継がれる逸話である。

一九四五年、京大出身としては初めての主税局長に昇進。経済を旗印にした政策集団派閥の宏池会《こうちかい》では、大蔵省同期入省の宏池会事務局長田村敏雄の引き合わせでエコノミスト下村治《しもむらおさむ》と出会う。以後曲折《きょくせつ》を経て一九六〇年、安保改定と引き換えに倒れた岸信介にかわって、内閣総理大臣に就任する。総理大臣になると誰もが驚き、眉唾《まゆつば》で聞くことになるスローガンを掲げることになる。

池田の勘、下村の理論、田村の実務が練り上げたのが池田内閣の看板になる所得倍増計画である。当初大方《おおかた》の専門家、政治家は、そんなことはできるはずはないと高をくっていたが、一〇年で実現する予定だった所得倍増は、予定よりはるかに短期間で実現することになった。日本は経済成長率一〇％に迫る高度経済成長の時代を迎えたのである。そしてこの時代、何もかもが、ものすごいスピードで変化していった。

話が脱線してしまった。そろばん塾の話に戻そう。

暗算の授業のときの話である。

「ご破算《わさん》で願いましては〜」

読み上げ算の始まりの掛け声。

みな、先生が読み上げる数字に合わせて、机の上で指を動かしている。膝の上で動かしているのもいる。今で言うエアそろばんというやつだ。つまり、頭の中に思い浮かべたそろばんの玉をはじいているのだ。しかし、俺の頭の中に、ついにそろばんは現れなかった。答え合わせの度に、つぎつぎに正解が叫ばれる。

「はい、ご明算」

「では次。ご破算で願いましては〜、三四八円也《なり》、四七円也、……」

俺は、先生に指されるのではないかと恐れながら、じりじりしながらそろばんの玉をはじくまねごとをしていた。

まねごとだけで、頭の中は先生に指されるのではないかという不安でいっぱいだった。俺にとっては地獄のような時間だった。

俺の席の一つ前には同じ小学校に通う美少女スミレちゃんがいたから、ここで大恥をかくわけにはいかなかった。もともと、そろばんなんかに興味は無かったのだが、スミレちゃんがいるのを知って、俄然《がぜん》そろばん塾に通う気持ちになった。

一般的には小学生の上達は早い。スミレちゃんは俺よりはやく二級に合格していた。俺は三級で足踏みしている。二級からはじまる暗算が苦手だったからだ。

この日も俺は、暗算の授業で立ち往生していた。

土俵際まで押し込まれた若乃花は、徳俵《とくだわら》に足を残して大逆転のうっちゃりを決めることができる。だが、俺の現実はテレビの中のヒーローのようにはいかなかった。

先生が読み上げる数字に合わせて、俺は頭の中のそろばんを弾こうとするのだが、頭の中のそろばんは確かな像を結ばずに、途中でエアそろばんの玉はあちらこちらに散らばって、何が何やらわからなくなってしまうのだった。

にっちもさっちもいかない状態の中で、突然、恍惚とした快感が襲ってきた。驚いたことにそれは、性的な興奮に似ていた。

しばらくすると、商工会議所の二級検定試験があり、塾の庭で結果発表を待っていた。今度こそ合格すると余裕でアイスクリームを食べながら待っていると、合格者の中に俺の名前が無かった。俺の手にしていたアイスクリームが、そのまま足元に落ちた。

同じような失敗をもう一つ記憶している。

音楽の授業で、成績優秀者は合奏隊に選抜される。俺が通っていた学校は、区内でも有数の音楽校で、幾度かコンテストで賞をもらっていた。

どういうわけか、俺は選抜されてしまった。才能はなく、努力を惜しむ性格なのに要領だけは良かったのだが、これが運の尽きであった。

春の学芸会で選抜の合奏隊が講堂で演奏することになったときのことだ。アルトハーモニカ担当の俺は、その冬いっぱい遊び呆《ほう》けて、ハーモニカの練習をまったくせずに、本番を迎えてしまったのである。

曲目はグリーグのペール・ギュント組曲のなかの「オーセの死」。

リハーサルのときに、俺はまったくみんなの演奏についていけずに、ひとりだけ変な音を出していた。

だが、変なところに器用さを発揮する俺は、本番では誤魔化《ごまか》しながら吹いているふりをして、なんとか難局を乗り切ってしまった。

しかし、音楽の業界でも有名な先生は、さすがに俺のいかさまを見抜いていた。

俺は楽器を変更され、マリンバを担当することになった。そして、秋の演奏会でみごとに大失敗することになった。

マリンバは、人数が少ないために、ハーモニカのような誤魔化しが利《き》かない。しかも、マリンバは鍵盤打楽器なので、叩いているふりはできない。この難局をどうやって誤魔化したら良いのかと思案しながら、いい加減な演奏をして狂った音を出し続けることになり、部員全員の顰蹙《ひんしゅく》を買った。

あのときも、あたふたとしながら、俺は自分が次第に恍惚としていくのを感じていた。どうしようもない挫折感のすぐ背後には、しびれるような恍惚の世界がある。それが、この経験から学んだことだった。賭博にハマるのは、そこに同じような挫折の背後の恍惚があるからかもしれない。負けると分かっている戦いに挑むのも同じ理由かもしれない。その恍惚の渦巻きの先には何も無い。

おかしな言い方になるが、沈没船が作り出す渦巻きのようなものの先に、「何も無い」

が在るのだ。そして、なぜかそこには、人を引きずり込むような力がある。詩人の鮎川《あゆかわ》信夫《のぶお》は、この虚無と無力な人間の関係を、メルビルの『白鯨《はくげい》』に言寄《ことよ》せて、書いている。

イシュメエルよ
惨劇のおわりにはうず潮がひとつ
にんげんの運命をすいこむもの
きみが見た大きな虚無はふかくぼくらをひきつける

ところで、最近、心理学者の春日部先生と知り合いになる機会があった。春日部先生は、詩や小説を書く博覧強記の精神科の医者である。俺と同い歳だが、その生い立ちは俺とは随分違っている。教養のある役人の家に生まれ、母親は絵描きという由緒正しい貴種である。そして、俺が見るところ春日部先生はかなり強度のマザコンであった。ご自分でもそう白状しているほどである。もっとも、寝しなに一人でトランプ遊びをしながら、ブランデーを傾けている母親に育てられれば、俺だってマザコンになったかもしれない。
あるとき、春日部先生は、お母様とサーカスを観にいった話を俺にしてくれた。

リングサーカスの出し物は、象の曲芸であった。何頭もの象が、狭いリングの中に勢揃いし、一斉に片足を上げる。まあ、どうということのない芸なのだが、春日部先生は戦《せん》慄《りつ》したそうである。

このとき、象の下半身が丸見えになったからである。とは言え、春日部先生の戦慄は、自分が象の下半身を目撃したということにあったのではなかった。

「お母さん、象のおまんこが丸見えになっている」と母親に向かって言っている自分と、それを目を丸くして聞いているお母さんの姿を想像して戦慄したのであった。春日部先生は、ちょっと変態だが、精神科の名医として名高い方である。俺は、緊張して小学校時代の経験を先生に話したのだが、春日部先生は、なんだよ、そんなことかという顔をして、こう言ったのである。

「死の直前に、性的快楽が生まれるということはあるかもしれないがそれよりも遥かにちっぽけな危機でそうなってしまうのは、あまりに安っぽい解離じゃないかなぁ」

俺は春日部先生の答えに少しばかり失望した。

春日部先生の分析に失望したのではない。自分自身の安っぽさに失望したのである。

死の瞬間。おそらくそのとき、脳内に何かが起きる。生体の防御機制が発動して、痛みや恐怖を和らげる物質、俗に言うところの脳内麻薬が分泌される。それは、天国に最も近い快楽であり、性的快楽もまたそうした側面を持っている。それは解離とはすこし違う気がする。

後年、心筋梗塞の手術中に、心停止したことがあった。気を失う直前、俺はすこしだけ、世界がカラフルに見えた。眼の前の光景が赤、黄色の原色に変化したのである。電気ショックを行った際の衝撃が、網膜に焼き付けられた色だったのかもしれない。心肺停止から生還した友人のひとりは、まさに、天国のようなお花畑の中を浮遊していたようだったと俺に語った。そういうことがあるのかもしれない。しかし、俺が見た天国は、ただ原色だけが明滅する意味のない世界だった。

1 堀川正美《ほりかわまさみ》『太平洋』所収、「新鮮で苦しみおおい日々」
2 斎藤真理子『隣の国の人々と出会う』創元社より
3 ザトペックとは、チェコスロバキア（当時）の中長距離の陸上選手、エミール・ザトペックのこと。上半身を揺らしながらエネルギッシュに走る姿から、人間機関車とあだ名された。村山の、強引とも言えるほど上半身に力がこもった熱投は、まさにザトペックが苦悶の表情を浮かべながら走り切る姿を彷彿とさせた。
4 関川夏央《せきかわなつお》の言葉。鶴見俊輔《つるみしゅんすけ》との対話『日本人は何を捨ててきたのか』（ちくま学芸文庫）のなかで、関川が「貧乏であっても、どこの家も貧乏でしたから、いわば協和的に貧乏でしたね」というと、鶴見俊輔は「それぞれ、『協和的に』という以外に人間になんの理想があり得ますか」と応じた。

5〈イシュメエル　「白鯨」より〉鮎川信夫

一九六〇——負け犬たち

風間さんと石井さん

俺が小学生の頃に住んでいたのは、工場のある二階建ての木造住宅だった。二階建ての母屋《おもや》に付け足したような平屋の一棟が工場である。磨き抜かれた木の階段を上った先の二階が、俺たち家族が暮らしていた六畳二間である。二階への上り口には、工場につながる石段があり、石段を降りると小さな流しがあり、ガス台が置かれていた。工場のための流しである。母親はここで家族の食事を作っていたわけで、随分不便だっただろうと思う。

二階への階段を登り切ったところに窓があり、その窓から一階の工場の屋根の上に出ることができた。

俺はよく屋根の上に寝転んで、大きな空を眺めた。

大の字になって澄んだ空を眺めていると、自分が宇宙の中に吸い込まれていくような気持ちになった。

雲が、竹竿《たけざお》で突《つつ》けそうな近さに浮かんでいる。

あの雲のずっと先の、空の向こうはどうなっているんだろう。

宇宙の果てにある「世界」を想像していると、幸福な気持ちになった。同時に、宇宙の果てのその先のことを考えるとすこし悲しくもあった。それは、俺が死んだ後のことを考えるときの悲しみに似ていた。俺の生きている「世界」は、俺の想像の及ぶところまでであり、その外には俺が想像すらできない別の「世界」がある。いや、それはあるのかないのかすらわからない。

そんなことを考えているうちに、屋根の上で俺は泣きたくなるのだった。この「世界」を別の言葉で名付けたかったが、当時の俺にはその術《すべ》は無かったし、悲しみの正体をうまく言葉にすることなどできようもなかった。

あの青い空の波の音が聞えるあたりに

何かとんでもないおとし物を
僕はしてきてしまったらしい

透明な過去の駅で
遺失物係の前に立ったら
僕は余計に悲しくなってしまった

詩人の谷川俊太郎《たにかわしゅんたろう》は、『二十億光年の孤独』に「かなしみ」という詩を収めている。その詩を読んだとき、俺はあのとき俺が屋根の上に寝転んで空を眺めているときに感じた感情を思い出した。詩人は、こんなかっこいい言葉で、こんなにも深く、遠く、透明な感情を表現することができる。

毎朝、毎夕、町内のちょっとした空き地でべえごま遊びが行われ、子どもたちの歓声が響いていた。バケツに幌布《ほろぬの》シートをかぶせて床《とこ》を作り、それぞれが自分の持ちゴマを勢いよく床に放つ。二人でやるときは「対馬《たいま》!」、三人以上だと「一天下《いってんか》!」と声に出して一斉に床の上にべえごまを放つ。高速で回転するべえごま同士のエッジが衝突し、床から弾き出された方が負けである。

みなそれぞれ、コマの芯を削って重心を下げ、相手のコマの下手に潜り込むための鋭いエッジを作る。子どもたちは、当初コンクリートの階段や道路にべえごまを擦《こす》りつけて加工していた。

鉄製のコマをコンクリートに擦りつけて削るのは一苦労だった。しかし、工場のグラインダー（研磨機）を使えば容易にべえごまの形状を変形させられることを知って、悪ガキたちは俺に機械を使わせろと言ってきた。

思い通りのコマを作るために、近所の悪ガキたちがオレもオレもと、工場の休日を狙って俺のところへやってきた。

唸《うな》りを上げて回転するグラインダーにべえごまを押し当てて削っている光景は、いまでも俺の目に焼き付いている。

時折、削り粉が目に入り、目を赤く腫れあがらせることもあった。俺は何度も目医者に行かなくてはならなかった。

工場の二階の二間の一方は、今でいうロフトのような二層構造になっていた。住み込みの工員を迎えるにあたって、親父は彼らのための寝室を作ってもらうよう、親戚の大工に依頼したのである。六畳ひと間がまるまる二段ベッドのようになり、上が住み込みの工員の寝室で、下の段には彼らの洋服や、靴が入ったダンボール箱が並べられた。

俺も、弟も、学校から帰ると、住み込みさんの部屋で腹這いになって漫画を読んだり、絵を描いたりした。弟とはよく、取っ組み合いの喧嘩をした。弟が投げた裁《た》ちばさみが、俺の頬をかすめたことがあった。あれが俺の身体に命中していたら、大変なことになっただろう。

工員の着衣や紙袋で散らかった部屋には、ときおりエロ雑誌が転がっていた。俺はドキドキしながら、女の裸の写真を盗み見た。

もう一方の六畳の部屋には、俺たちの家族が寝泊まりしていたが、俺たちが成長するにつれて家族四人で住むにはさすがに手狭になった。

父親が、工場の隣の敷地にあった平屋を丸ごと地主から借り受けたとき、俺たち家族はそちらへ移った。工場と一体だった俺の家は、工場部分と、隣の母屋部分の二棟になった。

工場二階の一室は、工員の休憩室になり、テレビが置かれた。

借り受けた隣の敷地の平屋には、四つの部屋があり、一つが家族の暮らす部屋、一つが客間、後の二つが台所と食堂になった。家族の暮らす八畳の部屋には縁側がついていて、縁側の前は広い土の庭になっていた。

冬の日には、工員たちは、昼休みになるとその庭に出て焚《た》き火にあたったり、日向《ひなた》ぼっこをしたりしてくつろいでいた。弱い日差しの中で、焚き火の上で手を擦り合わせながら冗談を言い合っている工員たちの姿は、今でも俺の目に焼きついている。そんな向日的な日々が突然中断されることもあった。

スピードアップのために、安全装置のスイッチを切って作業していた工員が、突然大声で叫んだ。工場の中に緊張が走り、だれかが急いで電源を落とした。それまで唸り声を上げていた機械たちが一斉に沈黙した。不気味な沈黙の中で、怪我をした工員の唸り声だけが工場に響いている。

「やっちまった。痛えよ、痛えよ」

父親は、その工員を連れて、一刻を争うように家を出た。別の工員たちが切断された指を氷水の中に漬けて、その後を追う。歩いて五分ほどのところにある外科医院へ向かったのである。

「やっこさん、二度目だろ」

「いや、三度目だ。こんなことしてたら指無くなっちまうぞ」

一大事ではあるが、工場ではよくあることだった。俺の父親も三度指を落としている。その度に保険が下りると笑っていた。

この日怪我をした工員は翌日には包帯をして、駅前のパチンコ屋にいたらしい。

「剛毅《ごうき》なもんだね」

「いや、バカって言うんだよ」

「やっこさん、店を出るとき、菊池先生にばったり出会ってしまってさ。随分勝ったらしくて、キャラメルやチョコレートの入った袋を抱えてさ。先生、お一ついかがですかって」

「バカだねぇ、あいつは」

「バカだよ、ほんとに」

緊張と緩和。それが工場の日常である。

俺もよく怪我をしたが、工員たちから見れば、俺が血だらけになっても、かすり傷ぐらいにしか思っていない。

一度、スケート靴を履き、ガラス瓶を両手に四つん這いになった状態で、自転車にロープで引っ張ってもらう遊びをしていたことがあった。ガラス瓶がアスファルトの上を、スケートのように滑るのである。そのガラス瓶が割れて、手のひらに突き刺さり傷口がパックリと開いてしまったことがあった。工員に、自慢げに名誉の傷を見せると、

「大げさだなお前は、メンソレでも塗っておけばすぐに治るさ」

と言われてがっかりしたのを覚えている。

年に一度は、誰かが大怪我を負うような工場の中での生活。工場の前庭には、大きなドラム缶に砂が詰め込まれて置いてあった。あれは指塚《ゆびづか》だったのかもしれない。

食事の時間になると、工場の二階から工員たちがドタバタと下りてきて、母屋の食堂で一緒にテーブルを囲んだ。

毎週金曜日の夜は、プロレス中継を見るために工員たちと近所の連中が、テレビが置かれている二階の畳敷六畳の休憩室に押し寄せてきた。

「誰だよ、餃子食ってきたのは。臭《くせ》えじゃねえかよ」と工員のマアちゃんが言う。餃子は臭いのか。俺は食べたことがなかったのでよくわからなかった。

誰かが「こいつ、エロ本見てちんこおっ立ててやがる」などと大声で言うと、他の連中が大笑いする。誰もエロ本なんか見ていないのに、そういうことを言って笑わせるのだ。あけすけで下品で、粗野な連中に囲まれて、俺は育ったのだ。

町のワンブロックに住む住人たちは、まるで大きな家族とその親戚であるかのように、事あるごとに集まってはテレビに興じ、裸電球の下で酒を酌み交わし、他愛《たあい》のないおしゃべりをして楽しんだ。

大晦日には、みんなで紅白歌合戦を観た。歌手が歌うたびに「島倉千代子はいいねぇ」「いや、美空だろうが。貫禄が違うよ」「三橋美智也《みはしみちや》の声、たまんないねぇ」と寸評を入れるのである。三橋美智也は、後にスナック菓子のコマーシャルソングを歌い、子どもたちの人気ものになるが、当時は紅白でトリをとるトップシンガーであった。

歩いて数分のところに床屋があった。女性理髪師ばかりが五、六名で随分繁盛していた。通称「おんな床屋」。俺はいつも、その床屋で頭をかってもらっていた。ラジオから三橋美智也の声が聞こえると、若い女性理髪師が歓声を上げる。その頃は、けっして美男子とは言えない三橋美智也は、その美声だけで、おんな心を虜《とりこ》にするスターだったのである。

他に娯楽らしい娯楽がなかったからかもしれないが、今から思えばそれは痺《しび》れるようななつかしい光景であり、同時に狭い世間の中で、貧しさとひもじさを当たり前のように受け入れている、いじらしい地縁・血縁共同体の姿だった。

昭和三〇年代の初頭は、極端な人手不足で、どの工場でも働き手を探すのに苦労していた。

石井さんと風間さんが工場にやってきたのは、親父が郷里の聾《ろう》学校に勤務していた知り合いの先生に、工員を送ってくれるように頼んでいたからだった。

住み込みで働くことになった「わかいし（若い衆）」ふたりは、どちらも耳が聞こえず、発話も覚束《おぼつか》なかった。声は出るのだが、明確な言葉にはならず、時折「うっ、うっ」という音が口から洩れ出るばかりである。それでも、俺はすぐに慣れて、彼らが聾唖《ろうあ》者であることを忘れて寝食をともにし、一緒に遊ぶようになった。

工場の片隅には卓球台が置かれており、ふたりとも素晴らしい腕前を披露してくれた。

彼らは、埼玉県の中学校を卒業したばかりの、まだあどけなさが残る、一六歳を超えたばかりの青年であったが、小学生の俺から見れば、随分と大人に見えた。風間さんは、精悍な四角い顔と濃い眉毛が印象的で、映画俳優のような雰囲気を持っていた。ブラッド・

ピットみたいな顔だと今なら言えるが、その頃はもちろんブラピは生まれてもいない。一方の石井さんは色白、天然パーマで、ロカビリーの歌手のようであった。エルビス・プレスリーである。いや、当時大流行したアメリカのテレビドラマ『ララミー牧場』[6]の、ロバート・フラーという役者に似ていた。まあ、両人ともに美男子ということになる。

　ふたりとも、俺と弟をよくかわいがってくれた。とくに風間さんは絵がうまく、俺が描くマンガの主人公の顔を手直ししてくれたり、図工の宿題を手伝ってくれたりした。

　俺が畳の上に這いつくばって描いた『まぼろし探偵』の似顔絵に、風間さんがちょっとだけ手を入れる。すると探偵は今にも動き出しそうに生き生きとしてくるのだった。

「すごいね」

「もっと描いてくれよ」

　俺は風間さんを追いかけるようにして、作画をおねだりした。風間さんのように、うまく漫画が描きたいと、なんども風間さんの絵を真似して描いた。

　朝晩の食事の時間は、両親と俺の兄弟、そして住み込みのふたりの六人が揃って、母屋のテーブルを囲んだ。わかいしふたりは何もしゃべらないが、大家族での食事は、賑やかで忙しない時間だった。

ある晩、俺の父親が「風間、ちょっと来い」と怒ったような顔で母屋の方へ引っ張っていった。なにが起きたのか、最初はわからなかったが、後で、父親と母親の会話を聞いて、その理由がのみこめた。

風間さんは、工場の機械を使って、刃渡り一五センチほどの短刀を作っていたのだ。それを親父が見つけて、「いったい、何のためにこんなものを作っているんだ」と叱りつけたのである。

「ちょっと目ぇはなすと、こんなことしやがって」

親父は怒気《どき》を含んだ声であきれたように言った。

「俺はお前に人様を傷つけるような道具こさえるために、仕込んでるんじゃねぇぞ」

風間さんは、親父が何を怒っているのかよく聞き取れないままにうなだれていたが、弁解しようにもうまくしゃべることができずに、涙をこらえていた。

母親が二階の部屋を掃除しているとき、銀色に光る短刀を見つけて仰天した。それを聞いた親父は、何か悪いことに使うのではないかと早合点したようであった。

実際のところは、風間さんは俺の工作の手伝いのために、ナイフを手作りしてくれていたのである。

あの頃は毎日、何かしら事件が起きていた。

風間さんの騒動の次は、石井さんの番だ。

ある晩、石井さんが家を出たきり、夕食の時間にも姿を見せず、どこかへ消えてしまったのだ。

父親はあちこち捜し回ったが見つからず、怒ったような顔をして戻ってきた。

捜索の手がかりを失った親父は、落胆したように「あいつ、どこに行きやがった」と呟《つぶや》いたきり、居間でふて寝をするみたいな格好で横になった。

俺は、心配と不安で、いたたまれない気持ちだった。何か事故があったのではないかと怖かったのだ。

母親も俺も押し黙ったまま、何もすることができずにじっとテレビの画面を眺めていた。

テレビでは、ちょうど『名犬ラッシー』[7]が始まったところだった。コリー犬と少年の友愛をテーマにしたドラマである。二台目のテレビが母屋にも設置された頃だから、二人の若者が住み込んで一年ほどは経過していた。いつもなら夢中になってこの番組にかじりついていたのだが、このときばかりは不安で画面に集中することができなかった。

石井さんの一件で、それまでブラウン管に見入っていた俺は、目だけはブラウン管を向いていたが、全身の注意を父親の動向に向けていた。誰も注意を払うことのなくなったブラウン管には、ラッシーが主人公の窮地を救うために野原を疾走する姿が映し出されていた。走れ、ラッシー。急げ、ラッシー。しかし、現実の不安の前では、テレビが映し出す臨場感は、色褪《あ》せたものにならざるを得ない。

それからしばらくの間、観るともなく画面の方に目をやっていると、ドラマは終わった。そしてニュース番組が始まり、羽田にちかい糀谷《こうじや》の町で、新築の工場が焼けて、噴煙が上がり、空が赤く染まっている映像が流れた。

不吉なニュースだった。

「ひとり死亡」と、アナウンサーが喋っていた。

今なら、テロップが流れるところだろうが、当時はまだそうした技術がなかった。この事件が、俺にも関係があることが判明したのは、実に五〇年後のことであった。このときに焼けた工場は、還暦の同窓会で再会することになる中学校時代の同級生駒井《こまい》鉄雄《てつお》の父親が経営する工場だったのである。

石井さんのこの「失踪」は七月のむし暑い晩の出来事であった。

家族の誰もが不安を胸に抱えたまま眠りに就く時間になったとき、ガラガラという工場の引き戸の音が聞こえてきた。

横になっていた親父はむくりと起き上がり、石井さんの部屋のある工場の二階へ駆け上がって行った。しばらくすると、親父は石井さんの腕を引っ張って降りてきて、母屋の居間に座らせた。

「どこに行ってたんだ」と親父は詰問した。

石井さんはただうなだれて、親父の説教を聴いていた。ときおり、涙をうかべて、何かを訴えようとしていたようだが、言葉がうまく喋れないために、「あー、うー」という唸り声にしかならない。

後で、母親から聞いたところによると、石井さんはホームシックになって、急に埼玉の実家に帰りたくなってしまったということだった。お母さんに会いたい。ただその一心だったそうである。

「可哀想にねぇ」と俺の母親は我が子のように石井さんを慰めた。

俺の目には大人に見えたが、彼らもまだ中学校を卒業したばかりの純朴な子どもだったのだ。

この日はちょうど俺が小学校に入った、昭和三二年（一九五七年）に当たっている。この年の七月、長崎県の諫早《いさはや》を豪雨が襲い、死者、行方不明者が九九二名を数えた。我が家にも、家の外にも、不吉な空気が漂った年であった。

十月にはソ連がスプートニク一号の打ち上げに成功して、米ソの人工衛星競争がいよいよ本格的に始まろうとしていた。人工衛星が見えるかもしれないというので、俺は夜になると、空を見上げた。暗い夜空には、星が瞬いていたが、人工衛星は見えなかった。

「ジャングル」の野良犬

俺の家から一〇〇メートルほど西側の台地に、草が茫々《ぼうぼう》と生い茂っている野球グラウンドほどの広さの空き地があり、その周囲には金網が張り巡らされていた。金網はところどころ破られていて、そこから侵入する子どもたちにとって、恰好の遊び場になった。空き地の先端は崖のようになっていて、その崖下には三か所の防空壕が残っていた。

俺たちはその遊び場を、「ジャングル」と呼んでいた。俺たちは「ジャングル」でよく木登りをしたり、防空壕の内部を探索した。

「防空壕の迷路で迷わないために」なんていう特集が、漫画雑誌に掲載されていたりした。

右手をいつも壁に触れながら進めば、いつか必ず出口に到達することができると書かれていた。だが、そんな必要はなかった。防空壕は単純な造りで、中に入るとすぐに大きな空間が広がっていた。空襲の折には、近隣の人々は、この防空壕に逃げ込んだのだろう。俺が生まれるわずか五年前の出来事だが、俺には遠い昔話のようにしか思えなかった。

「ジャングル」の内部は灌木の林で、中央には大きな椎《しい》の木が、あたりを睥睨《へいげい》するように立っていた。椎の木は、七月には鬱蒼《うっそう》と葉を茂らせ、葉陰になっている木の周囲は丸く土が露出してピッチャーマウンドのようになっている。

土の上には、椎の実が何粒も転がっており、俺たちは椎の実を拾い集めて、ポケットに入れた。椎の実は「ジャングル」の戦利品みたいなものだが、何の使い道もなかった。どんぐりを細長くしたような、流線形をした木の実で、これを食べると「どもり」（吃音）になるという伝説が流布していた。まったくのデマだが、子どもたちが椎の実を食べて腹を壊さないように、親はそんな話をしたのだろう。

俺が、石井さんにはじめて会ったとき、椎の実を食べたのだろうかと思ったのはそのためである。俺は、友人たちとよくこの椎の木に登って遊んだ。子どもが登るのにちょうどいい木というものがある。それが、この椎の木だった。

古代魚の鱗《うろこ》のような樹皮から、所々樹液が流れ出て固まり、蜜蠟《みつろう》のようになって光っていた。

この「ジャングル」は、野良犬や野良猫にとっても恰好の棲家《すみか》であり、石井さんはそのなかの赤毛の野犬をよくかわいがっていた。

毛並みのあまり良くない、耳の垂れた中型の雑種だ。俺はその犬にエスという名前を付けた。いや、名前を付けたのは石井さんだったかもしれない。これ以後、俺の家にやってきた四匹の犬は、すべてエスと名付けられることになったわけで、この犬が初代エスである。

そのエスがある日を境に、「ジャングル」から姿を消してしまった。石井さんは毎晩、仕事終わりには「ジャングル」に行ってエスが現れるのを待っていた。数日後、石井さんの前に、憔悴《しょうすい》して泥まみれになったエスが現れた。エスは一回り小さくなっていた。

ほとんど歩くことができなくなっており、息を引き取る直前であった。

自力歩行ができなくなった犬ほど悲しい生きものはない。

歩こうとして、バタリと倒れてしまうのである。

結局エスは、石井さんによって看《み》とられることになった。何かの病気を持っていたのか、毒でも食べてしまったのか、それとも、すでに老衰の年齢に達していたのか、エスに何が起きたのかはよくわからなかった。

このとき、犬というものは、突然死んでしまうことがあるということを、俺は知った。人間も、このように突然死んでしまうのだろうか。

石井さんは、しばらくは呆然としていたようだが、翌日になると、「ジャングル」の隅に墓をつくるために大きな穴を掘った。

この後、石井さんは二度目の失踪事件を起こした。正確には失踪未遂である。石井さんはエスの墓に別れを告げると、その足で自分が育った埼玉県の村に帰ろうと思ったというのである。思い詰めて、千鳥町《ちどりちょう》駅から池上線で蒲田《かまた》までは行ったものの、金もなく、蒲田から先の行き方もよくわからない。しばらくの間、駅前をうろついていたが、日が落ち始めると、どうしていいかわからなくなってしまい、戻りの切符を買うことしかできなかった。ガックリと肩を落として工場の部屋に戻ると、故郷の母親に手紙を書いた。

「もう、家に帰りたい」

手紙の最後はそう締めくくられていた。

この事件の数日後、石井さんのお父さんが工場を訪ねてきた。

石井さんのお父さんは、俺が想像していた農家のおやじのようなひとではなく、白っぽい背広に身を包み、高級そうな鼈甲《べっこう》の眼鏡をかけた、白髪の紳士だった。

あとで、母親に見せてもらったのだが、差し出された名刺には、医学博士　石井幸造という文字が大きく印刷されていた。その脇には東京大学教授という文字があった。

「東大の先生の息子がねぇ」と、母親はため息まじりに言い、「わからないもんだよ」と何度も呟いた。

東大教授の息子が、場末の町工場になぜ住み込みで働くようになったのか。

地方の名士ともいえる医者の一族の中で、石井さんは障害者として生まれ、やり場のない孤立を深めていったのかもしれない。エスを拾ってきたのも、野良をうろついていたエスに自分を投影したのかもしれない。

石井さんの内面についての詳しい事情は何もわからないが、とにかく、俺は、石井さんのお父さんは、東大の偉い先生なんだということ、その息子が俺の親父のやっている町工場にやってきて住み込みで働いているということだけは理解できた。しかし、なぜそういうことになるのかということは、よく理解できなかった。

父親の前で何度も頭を下げている紳士は、やがて土産の草加《そうか》せんべいを置いて帰っていった。

立派な白髪の紳士が、機械油の染み付いた作業服の父親に頭を下げている様子をみて、俺は少しだけ父親が偉く見えて誇らしい心持ちになった。

同時に、石井さんはこれからどうするんだろう、どうなるんだろうという不安が込み上げてきた。

数日後、俺はひとりで「ジャングル」の鉄条網を潜り、石井さんが作ったというエスの墓を見に行った。

そこには、石を積み上げた小さな墓が作られていた。

墓は雨に濡れて、石組みも壊れかけていたが、マジックインキで書かれた「エス」の文字だけはかすかに読み取ることができた。

初代エスにまつわる話はこれだけなのだが、実はこれで話が終わったわけではなかった。

俺が、エスの墓の前で手を合わせていると、足下に一匹の中型犬がすり寄ってきた。薄茶色の柴犬の雑種犬である。耳の立ったつぶらな目をした犬は、俺がその場を去ろうとすると、なんともうらめしそうに俺をじっと見つめた。

俺とその中型犬はしばらく見つめ合っていたのだが、俺が家に戻ろうとすると一定の間隔を保ちながらついてくる。

こうして、二代目のエスが俺の家にやってきたのであった。まるで、初代エスが生まれ変わったようなタイミングであった。

「ねぇ、飼っていいでしょ」と俺は一人で残業をしている親父にせがむと、どういうわけか親父は頑《がん》として受け入れようとしなかった。

当時は、飼い犬よりも、野犬のほうがずっと多かった。ましてや、家の中で犬を飼うなどということは想像もできなかった。犬は、家の外をうろついていて、飯のときだけ残飯をあさるというのが当たり前の姿であった。もし、工場で犬を飼ったとしても、当然放し飼いである。放し飼いともなれば、犬は近所の玄関口から履物を咥《くわ》えて戻ってきたり、庭を荒らしたりする。

親父が犬を飼うことを受け入れようとしなかったのは、近所迷惑になることを恐れていたのかもしれない。

「だめだ、そんな野良犬飼ってどうする、うちは工場だぞ」

と親父は怒ったような顔をしている。

工場で仕事をしている親父に執拗にせがんでいると、親父が興奮して、出て行けとばかりにエスのお尻を蹴り上げた。

キャンとエスは悲しそうな声を上げた。

俺がエスにしがみつくようにして泣きだすと、俺からエスを離そうとしてちょっと取っ組み合いのような感じになった。

そのとき、仕事台の横にあったガス台の上のヤカンに親父の腕が触れて、煮立ったお湯の入ったヤカンが床に転げ落ちた。

ジューという音と同時に、目の前に湯気が立ち上がった。

キャーンという鳴き声が工場に響いた。

運悪く、熱湯はエスの横っ腹にかかってしまい、エスは吠えながら逃げて行ってしまった。

しばらくすると、エスは戻ってきたのだが、腹にこっぴどい火傷を負っているのが分かった。

俺はエスにしがみつき、父親を睨《にら》みつけた。

「しょうがねぇやつだな」と親父が言った。

俺に向かって言ったのか、エスに言ったのかよくわからなかったが、最後は親父が折れてわが家でエスの面倒を見ることになったのである。

「ふたりとも、いっこくもんだから」と母親が言った。

数日後、エスの腹の毛は抜けておちてしまい、直径一五センチほどのケロイド状の皮膚がむき出しになった。横っ腹が癒着してしまった不格好な犬は、俺と石井さんによくなついた。

親父はその光景を見ても、一緒になってエスと遊ぶということはなかった。後に母親が語ったことによると、夜中に、エスのところに行って軟膏を塗っていたということであった。嘘か本当かはわからない。母親は、いつもこうやって家父長を庇《かば》い続けた。頑固一徹、一刻者の父親に散々苦労させられたのに、いつでも父親の側につくのだった。

俺は、エスの存在を父親と工員たちに認めてもらいたくて、すこしずつ芸を仕込んでいった。お手、お座り、伏せ、ちんちんなどひととおりのことができるようになり、工員たちも自分たちの仲間でもあるかのようにエスをかわいがってくれるようになった。

次第にエスは工場の人気者になり、首輪も外されて、いつも工場の一角に座って、工員たちの仕事終わりをじっと待っているのである。

しばらくすると、工員たちはエスの犬小屋を造ってくれた。工員たちにとっては、犬小屋を造るのは朝飯前で、エスは工場の立派なメンバーの一員として迎えられることになった。

工場の就業時間が終わると、工員の誰かがエスを連れ出して、「ジャングル」まで遊びに行った。エスのいる風景は、俺にとって幸福な幼年時代として何度も反芻《はんすう》されることになった。

しかし、俺たちとエスの幸福な時間は長くは続かなかった。

数ヶ月後、二代目のエスもまたあっけなく死んでしまったからである。

その日、学校から帰るといつものように、犬小屋のエスに挨拶しようとしたが、エスの姿が見当たらない。俺は、まだ仕事をしている石井さんに、エスがいないけど何かあったのかとメモで尋ねたが、石井さんは悲しそうな顔をして首を横に振った。俺は、保健所の野犬狩りに捕まって、連れて行かれたんじゃないかと思った。何度か、保健所の職員がやってきて、竹竿の先に取り付けた針金の輪っかを犬の首に掛けて締め上げ、トラックの荷台に乗せて連れ去るのを見ていたからである。

その日の夕方、不吉な噂が近所から流れてきたのである。なんでも、池上線の踏切近くで犬が電車に轢《ひ》かれてバラバラになって死んでしまったというのだ。

まさかとは思ったのだが、俺が父親にそのことを話すと、父親は黙ったまま頷いていた。父親はすでに知っていたようであった。「かわいそうになぁ」と呟き、俺を抱きかかえるようにして、現場を見に行ってはいけないよと言った。

俺は、二代目エスの人生を思って、何のためにこいつは生まれてきたのかと、運命の不条理を呪いたい気持ちになった。噛ませ犬みたいな人生。

いや、犬だから人生ではないが、エスがエスであること、腹に大やけどを負って痛い思いをしながらも、わが家に棲みついてくれたこと、俺や石井さんと過ごしたつかの間の平安もすぐに不慮の事故によって奪われてしまったことが納得できなかった。その頃俺は、まだ不条理という言葉の本当の意味を知らなかった。

負け犬まるの遺言

それから三〇年後の話もしておこう。秋葉原のオフィスで仕事をすることになった俺は、数十年振りで、犬を飼うことになった。

オフィスで毎日行われていた朝の会合の席で「犬を飼おうと思うが、どうだろうか」と俺は言った。会社で犬を飼おうというのである。「駄目ですよ、無理ですよ」という答えが返ってくるかと思ったら、意外にも社員たちは歓声を上げたのである。それが、俺と「まる」と名付けられることになる雑種犬の不思議な道行きの発端だった。

「まる」は、俺のあだ名でもある。だが当初俺の前に現れたのは「まる」ではなかった。くだんの朝の会議からほどなくして、生まれたばかりの真っ黒いラブラドール犬がダンボールの箱に入って会社にやってきた。よちよちと歩くぬいぐるみのようなその生き物が現れたときには、社員全員が息を呑《の》み、拍手が起こった。

何でも両親はアメリカのチャンピオンなんだそうである。血統書つきである。代金不要、しかもとんでもない器量よし。俺はその犬に、「チビ太」という名前を付けた。雌犬だったが、その外見は「チビ太」という名前が似合っていた。そして、数日は、俺が家に持ち帰ってその犬の面倒を見ることにした。

ところが、である。

「会社でラブラドール・レトリバーを飼うなんて、無謀だと、捨て犬救助のボランティアの方に言われました。犬もかわいそうだって。レトリバーは、いつもそばに人がいられるような環境で、走り回れるような場所がないと神経衰弱になってしまうそうですよ」と、社員の一人が俺に説明した。

奇特なボランティアのKさんはその方面では有名な女性であった。

今から思えば、確かに俺の会社のオフィスは秋葉原の電気街の真ん中にあり、とてもではないが運動量の多い大型犬を飼うような場所ではなかった。週末に飼い犬禁止の俺のマンションにつれて帰るわけにもいかない。黒いチビ犬は、丸い目で俺を見つめている。どうしたものかと唸っていると、Kさんからひとつのアイデアが出された。

彼女の家には、保健所から救い出した雑種犬がおり、レトリバーは別の引き取り手を見つけるので、その雑種犬と交換したらどうかというのである。

そんないきさつがあって、別の雑種犬が会社にやってきた。「チビ太」は、築地の刑事さんが引き取り手となった（二年後に送られてきた写真を見たら、すでに面影は消えて堂々たる大型犬になっていた。「チビ太」と名付けられなくて良かったな）。

アメリカズチャンピオンの令嬢と交換されてやってきたのは、人の目を直視できないおどおどした冴えない雄犬であった。何処《どこ》をうろついていたのか、痩せていて、毛並みはあまりよくない。保健所から救助されたこの犬は、年齢不詳。ミッキーマウスのような黒柴犬模様だが、耳は垂れている。いや、垂れているというよりは、グライダーの羽のように水平に広がっている。無様《ぶざま》だが、歩くたびにそれがひらひらと揺れる姿は愛嬌があった。特徴といえばそれくらいのもので、いつも伏目《ふしめ》がちで何かに怯えているようでもあった。

聞けば、保健所で、あと二日後に処分される運命だったところを、Kさんが救い出し、里親を探していたということであった。いつも何かに怯え、けっして吠えないので、どこか悪いのではないのかと獣医に見せると、首に針金が食い込んでいた跡があるという。どうやら、虐待されていたらしいというのが医師の見立てであった。

悪い病気にはかかっていない。年齢はよくわからないが、成犬であることは間違いない。歯をみればわかるのだと獣医は言った。

名前をどうしようかということになった。

よし、俺の分身みたいなものだし「まる」でいいんじゃないか。それで、名前が決まった。

出会った最初の頃は、目を合わせようとすると顔を背けた。助手席に乗せると、立ったまま身体を硬直させている。声はまったく出さない。どこか、人間を避けている風でもあった。獣医が言った虐待という言葉が浮かんだ。

俺は当分の間、こいつと一緒に会社に寝泊まりすることにした。どうも、目が離せないような心持ちになってしまったのである。時折自宅へ連れ帰ったが、自宅マンションは飼い犬禁止なので、夜中にそっと自室へ入り、早朝は車に乗せて家を出るという生活であった。どこかに留め置くことができなかったので、いつでも、どこへでもこいつを連れて回るということになった。客先へ回るときも連れて行き、商談の間は車で待たせた。

平日は会社に泊まり、休日は広尾にある、ペット入店可の喫茶店で何時間も過ごすという変則的な日常であった。この難民生活が数ヶ月続いた。人と目を合わせなかった「まる」が、俺には徐々に心を開くようになり、散歩をねだったり、食べ物を要求したりするようになった。何より、多摩川の川原を走るのが大好きで、尻尾を振って跳ねるように駆ける姿を見ていると、こちらまでうれしくなったものである。「元気になりやがった……」

そして四年と半年が経過したのだが、「まる」はあっけなく死んでしまった。唐突な死であった。一週間前あたりから急に歩行が覚束なくなり、三宿《みしゅく》の病院へ運び込んだときには自分の足で立てない状態で、荒い呼吸がお腹を波打たせていた。日曜日で、休診日であったが、外出先から急遽戻ってくれた先生は、白衣に着替える閑《ひま》も無くすぐに点滴を開始し、診察してくれた。ひととおりの診察が終わると、先生はため息をつきながら、ひどい貧血状態で、体内で出血している様子だと言った。

しばらく小康状態となったが、時折、悲鳴のような声を出して、足をばたつかせた。動かすこともできず、とりあえず一日は、入院して様子をみようということになった。夜一〇時ごろ先生から電話があった。大量に吐血したという。その後は苦しがる力もなくなって脈が遅くなり、月曜の朝を迎えることはなかった。多臓器不全ということであった。

享年、不明。「負け犬のまる」らしい死に方であった。

「始めより今にいたるまで、曾《かつ》て端首《たんしゅ》無し」

空海の『三教指帰《さんごうしいき》』の言葉である。われわれは、何処《どこ》から来て何処に行くのかを知ることはできない。端首は、人間の知性の埒外《らちがい》に朦朧《もうろう》と霞《かす》んでいる。

「まる」と俺には、そんな哲学的な話は、似合わないが、「まる」もまた、何処から来たのか分からない野良犬であった。今にして思えば、不思議な機縁が重なって、俺のところへやってきた。俺は、生まれも、育ちも、年齢もわからない野良犬をハッチバックに乗せて東京の町を放浪し、会社に寝泊まりした。食うことと、走ることだけに貪欲《どんよく》な、取り柄のない犬であったが、ただひとつだけ美点があった。それは底抜けに優しいということであった。

どんな犬に寄せていっても、吠えたり、噛みついたりすることはなかった。吠える犬の前を通るときは、見て見ぬ振りをしていた。噛みつかれたこともあったが、反撃することはなかった。それでも、どんな犬にでも、誰にでも寄って行って頭をなでられるとすぐに踵《きびす》を返して帰ってきた。「まる」の吠える声を聴いたのは四年半で数えるほどしかない。

優しさとは何だろう。レイモンド・チャンドラーではないが、強くなければ優しくはなれないというのは尤《もっと》もな気がする。しかし、「まる」に限っていえば、どこをどう見積もっても強い犬ではなかった。弱い犬ほどよく吼えると言うが、「まる」は臆病者だが吼えることもなかった。カウリスマキの映画の主人公のように、ハードボイルドとは無縁な、臆病を絵に描いたような負け犬ぶりであった。そして、そのことと、優しさは表裏しているように見えた。

臆病な者には、臆病者の領分というものがある。征服欲や上昇志向などは、はなから断念している。そんな風であった。それはこの犬の、意図せぬ美徳であると言ってもよいと思えた。俺（たち）は、どこかで勇気のある強い男になりたいと思って生きている。しかし、もし臆病であるがゆえに、優しさを獲得できるのだとすれば、勇気など必要ないのかもしれない。臆病もまた力になりうる。それが、「まる」の遺言であった。

6『ララミー牧場』南北戦争直後のワイオミング州ララミーを舞台に、牧場経営者とその仲間である流れ者のガンマンの周囲で起こる出来事を描いた西部劇。ララミー牧場に流れ着いたガンマンであるジェス・ハーパーを演じたロバート・フラーの日本での人気は凄まじく、一九六一年四月一七日に来日のおり、羽田には若い女性ファンが殺到した。

7『名犬ラッシー』一九五四年から一九七三年まで続いていたアメリカのテレビドラマ。一九五七年一一月三日からラジオ東京テレビ→TBS（系列局も含む）、丸見屋→ミツワ石鹸の一社提供で放送された。毛足の長いコリー犬とその飼い主の少年が主人公の物語。一九六五年八月七日からはタイトルを『新・名犬ラッシー』とあらためて放送していた。

一九六〇——反発と友情

ボランティア家庭教師石沢さん

敗戦後一一年にあたる一九五六年。俺が小学校に入学する前年、江戸川乱歩原作のラジオ番組『少年探偵団』が、毎日夕刻に放送され、爆発的な人気を博していた。その翌年には『赤胴鈴之助《あかどうすずのすけ》』が放送された。俺は学校から帰ると、ランドセルを放り投げて、ラジオにかじり付いた。

この頃、日本中の町にいくつもの少年探偵団が結成されていたはずである。団長の小林少年を筆頭にした少年たちは、名探偵明智小五郎《あけちこごろう》の下で、悪を挫《くじ》くための貴重な情報を収集するわけだが、俺たちの少年探偵団は、単なる窃盗団みたいなものだった。その時代、牛乳配達が一般的で、家々の門のところに牛乳箱が設置されていた。鳥の巣箱のような木でこさえた牛乳箱である。箱の中にある牛乳を悪ガキたちと盗んでは、隠れて回し飲みした。明治のヨーグルトが出始めた頃で、牛乳箱にヨーグルトが入っていると、俺たちは歓声を上げた。

千鳥町の少年探偵団は近くの野原で手裏剣の稽古をしたり、チャンバラをしたり、あるいは瀟洒《しようしや》な家の呼び鈴を押して逃げ出したりした。ずっと後にピンポンダッシュという言葉が流行《はや》ったが、その言葉ができる前に俺たちは実行していた。

ときに多摩川土堤《どて》の橋の上から飛び降りたり、自転車でジャンプして鉄条網を乗り越えたり……と、毎日が冒険と祝祭であった。俺はよく怪我をした。鉄条網を越えられず、自転車もろとも突っ込んだとき、棘《いばら》の先が目の横に突き刺さった。そのときの傷が今でも残っているが、もし目玉に刺さっていたら失明していただろう。なぜ、そんなことばかりしていたのか。橋から飛び降りたり、走っているトラックに飛び乗ったりするたびに「お前、勇気があるな」と言われるのが嬉しかったのだ。

毎日遊びまわっていたことは覚えているが、学校での記憶はほとんどない。級友と遊ぶよりは近所の子どもたちと悪さをしている方が楽しかったのだろう。

俺の実家の工場から三〇メートルほど歩くと、東急池上線の踏切に突き当たる。踏切を渡って急な坂道を登っていくと、高台の上に俺が通うことになる大森第八中学校がある。踏切の手前には、池上線の線路に沿うように古い二階建てのアパートがあった。年季の入ったといえば聞こえは良いが、ボロアパートと言った方がふさわしい。川崎にあるM電社の社宅になっているそのアパートの玄関を入ると、薄暗い通路の両側にそれぞれ五つばかりの部屋が並んでいる。二階も同じで、このアパートにはおよそ二〇世帯が暮らしていた。それぞれの部屋は、上がり框《かまち》に一畳ほどの台所、その奥に四畳半と六畳の畳部屋といった造りである。

小学校の三年生から五年生まで、つまり俺が九歳から一一歳までの間、俺の家庭教師になってくれた石沢さんが住んでいたのが、このアパートだ。よく工場の機械を借りに来ていた石沢さんの姿を見て、俺の母親が俺に勉強を教えてやってくれと頼んだのだ。

当時、石沢さんは中学三年になっており、年の離れたカズちゃんという弟がいた。お父さん、お母さんと一家四人で、狭いボロアパートに暮らしていた。カズちゃんは俺と同じ歳で、町内の小学校へ通う悪ガキ仲間の一人だった。仲間の一人であったモッちゃんは、片目が潰れていた。仲間のひとりが素振りをしていたバットが頭に当たってしまったのだ。

紙芝居屋がくると、いつも一番前に陣取っていたのは瓦屋の一人息子のセイちゃんだった。セイちゃんは、道にこぼれ落ちたせんべいやお菓子のクズを拾い食いして皆に笑われていた。誰もが貧しかったが、手元に残っている写真を見ると、悪ガキたちは、一様に歯の欠けた大きな口をあけて、あっけらかんと笑っている。

子どもたちにとって、貧しさが苦にならなかったのは、誰もが平等に貧しかったからである。

俺が四年生になったとき、石沢さんは中学を卒業して、地元に新設されたD高校へ入学した。石沢さんは、日焼けした職人と労働者たちの町の中では、ひときわ色白で頭が良く気品があった。エンジニアだった父親の血を引いたのか、狭い居住空間をうまく使うために、折りたたみ式の木造ベッドを組み立てた。ベッドをたたむと、それは机になった。

ラジオの部品を秋葉原の電気街で買ってきて自分で組み立てるのは朝飯前である。あるとき、石沢さんの家に遊びに行くと、テレビの組み立てをしているところだった。

「うわー、テレビなんて作っちゃうの」

俺は驚愕し、尊敬の目で石沢さんを見つめた。

「部品を組み立てるだけだから、ちょっと知識があれば誰にだってできるんだよ」

と石沢さんは言った。

俺は石沢さんについていこうと思った。頭が良くて、手先が器用で、スポーツも万能。それでいて、白皙《はくせき》の美男子。こんな兄貴分がいることが嬉しかったのだ。

彼は勉強を教えてくれただけでなく、いつも数冊の本を抱えてきて、これを読むといいよと言って俺に渡してくれた。最初に読んだのは芥川龍之介の『蜜柑《みかん》』という葉片《ようへん》小説であった。それはこんな話である。

語り手の「私」は、横須賀から二等列車に乗り込み、奉公先へ向かう田舎娘と同席になる。列車がトンネルを出て踏切に差し掛かると、頰の赤いみすぼらしい三人の男の子が、手を振って姉を見送っている。同席の少女はおもむろに、窓から子どもたちの頭上へ蜜柑を放り投げる。ただ、これだけの短い小説であるが、芥川龍之介の手にかかると、まるで目の前で起きている実際の光景のように、蜜柑も、青い空も、線路下の石ころも、子どもたちの顔も、生き生きと色づき始めるのである。


暮色を帯びた町はづれの踏切りと、小鳥のやうに声を挙げた三人の子供たちと、さうしてその上に乱落する鮮《あざやか》な蜜柑の色と——すべては汽車の窓の外に、瞬《またた》く暇もなく通り過ぎた。が、私の心の上には、切ない程はっきりと、この光景が焼きつけられた。

この光景は俺の心の上にも焼き付けられたのだった。真っ青な空と田んぼの緑。疾走する汽車の窓から放り投げられた眩《まばゆ》い黄色い蜜柑を思い浮かべながら、俺は頭の中がしびれてくるのを感じていた。小説とは、こんなにささやかで、それでいて豊かな感情を描き出すことができるのか。俺もいつか、こんな文章を書いてみたい。油臭い工場で生まれ育った俺は、その対極にある言葉を操《あやつ》る職人に強いあこがれを抱いたのである。

俺の家にも、俺の住んでいた町の一角にも、日に日を継ぐための生活の知恵はあったが、なんの役にも立たない「文学」の気配はどこにもなかった。この兄貴分である家庭教師だけが、俺に、この世には「文学」というものがあることを教えてくれたのである。

もし、この頃、石沢さんに出会っていなければ、俺のその後の人生は随分違ったものになっていたに違いない。石沢さんは、俺が生まれて初めて出会った、「小説を読む」青年であった。職人と労働者の町に、小説を読む人間を探すのは難しかった。

「文学」は、何か楽しみを与えてくれるものというよりは、俺をどこか別の、俺の知らない、俺の両親も、近所の悪ガキたちも知らない、まだ誰も見たことのない世界へ連れていってくれた。そしてそのことを、この町内で俺だけが知っていることが嬉しかった。

同時に、俺はいつか自分が生まれ育った工場の町から出なくてはならないだろうと思った。汗と油の匂いが染み付いた「文学」のない町から、俺はいつか逃げ出すことになるだろう。ふと、そんなことを思ったのである。おそらくその頃だろう。町内会の牽引《けんいん》役を務めていた父親に対する、尊敬の念と、かすかな嫌悪感が同時に芽生えたのは。

この頃の俺は「親父の後を継げよ」「手に職をつけろ」「大学なんて行くとバカになる」と職工さんたちから言われ続けてきた。俺は、彼らが言うように、手に職をつけて父親の後を継ぎ、旋盤を回すような人生を送ることになるのだろうと思っていた。石沢さんは、そんな俺に、違う世界があることを教えてくれたのである。

このささやかな体験が、後の俺の選択にどれほど大きな影響をあたえることになるのか、そのときはまだよく分からなかった。

石沢さんが、町内の水泳大会を見に来ないかと誘ってくれたことがあった。会場は、俺が通っている小学校のプールである。一般男子五〇メートル自由形競泳が始まろうとしていた。プール脇の見学席に並んだ大勢の観客の前で、腕に自信のある大人の選手たちが一人ひとり紹介されていく。

色白で筋肉質の石沢さんが登場してきた。両腕をブルンブルンと振り回す。スタート台に立って大きく息を吸い込むと、スタートの合図のピストルが鳴った。二五メートルまでは、選手たちは横一線に並んでいた。折り返した後、頭ひとつ抜け出したのは石沢さんだった。高校一年生の石沢さんが、大人たちが混じる競泳で、見事一着でゴールしたのだった。

以来、文武両道の石沢さんは俺にとってのヒーローになった。俺が高校へ進んで、躊《ちゅう》躇《ちょ》なく水泳部に入ったのはこのときの記憶があったからかもしれない。

畏友現る

小学校五年生になると、初めてのクラス替えがあった。

自分がなりたくてなったわけではないが、小学校高学年に成長した俺は、勉強もそこそこでき、かなり目立つガキ大将のような存在になっていた。

低学年の頃から『伊賀の影丸』[9]を読み漁っていた俺は、漫画の主人公のように、野っ原を駆け回り、チャンバラで敏捷性《びんしょうせい》を鍛え、多摩川の鉄橋から飛び降りて足腰を鍛えた。そのおかげもあって、体育がめっぽう得意だった。一番得意な種目は障害物競走で、俺は運動会で負けたことはなかったし、地域の小学校の対抗戦でもいつもトップでゴールテープを切っていた。

必勝法があったのだ。それは、レースの最終近くに仕掛けられた網くぐりの障害に入るときにトップでその障害物に入ってはいけないということだった。もしも、自分がトップで網に入りそうなときは、わざと遅らせて二番目に入るのである。三番目でも良かった。最初に入った走者が網に引っ掛かってもたついている間に、そいつが作った隙間に潜り込むようにして入ると、難なく網を抜け出すことができるのである。だから、必ずしも走力がトップでなくとも勝つことができたのだ。小学校の低学年では、体育が得意であることは、それだけでヒーローの資格があった。

小学校四年生の頃、職員室に呼び出しを食らったことがあった。

「お前、すこしの間、学校に来るな」と、先生は言った。

どうしてですかと聞くと、こんな答えが返ってきた。

「隣の席のM子が、お前を怖がっている」

そのときの俺は、確かに小学校の女の子が怖がってもおかしくない風体だった。俺は顔面から血を流していたのである。少し前、俺は、家の前を走るトラックの荷台に飛び乗ろうとして失敗し、荷台に顔面を打ち付けてそのまま地面に放り出される格好になった。大怪我にはならなかったが、地面に落ちるとき着地した左足を捻《ひね》ってしまった。それでも俺は、青たんの目のまま、竹竿を杖にして学校に行った。顔面の瘡蓋《かさぶた》を剝《は》がすと、血が流れた。M子は俺の顔を見て身を縮めた。俺はこう思った。

M子のやつ、俺のことが好きなんだな。

五年生のクラス替えでM子とは別のクラスになった。中学になって、M子は最初のクラスで俺と同じ組に編入されることになる。

半年ほど経過すると、一人の少年がクラスに転校してきた。内村という、地元ではこれまであまり見たことのない男だった。身体はがっしりとしているが、色白で天然パーマの内村は、生活のレベルが違うというか、文化レベルが違うというか、違う生活圏からやってきた異人種のような印象であった。

そしてこの男が、この先も生涯続く親友になるなんてことは、その頃はもちろん知るはずもなかった。

内村は、最初は友人ではなく宿敵として俺の前に現れたのであった。異人種と言ったが、内村の家は、場末の工場である俺の家や、同じ町内の植木屋や瓦屋、職工といった人々の家とはまったく違っていた。

四代家系を遡《さかのぼ》れば、庄内《しょうない》藩新徴組《しんちょうぐみ》に名を連ねる高名な武士にまでたどり着く。俺たちが泥に塗《まみ》れたずる賢い百姓の末裔《まつえい》だとすれば、内村は、知性と教養あふれる武家官僚の末裔といったところである。俺の生活環境、俺の先祖が生きてきた田んぼや油塗れの工場とはまったく違うところで生まれ育った。一言で言えば、油っ気がないのである。当時の子どもにとって、その違いは普通考えるよりもずっと大きかった。傷だらけ、泥まみれの犬の群れの中に投げ込まれた毛並みふさふさのコリー犬の子どもを想像していただければよいかもしれない。いやでも目立つ。こいつ、家でバイオリンなんか弾いてるんじゃないだろうな。

当時、クラスで壁新聞づくりが課題になったことがあった。俺は七、八名ほどの仲間と、模造紙に日々の出来事や小学生なりの時事ネタを書いて壁に貼り出していた。なかなか評判がよく、他のグループの作る壁新聞の水準を頭ひとつリードしていたと思う。

ところがそこに、強敵が現れた。それが内村透だった。内村は小学生にしてすでに吉《よし》川英治《かわえいじ》『新・平家物語』全巻を読破しており、担任の先生といくつかの場面について意見を交換していた。それは俺には、大人同士の会話のように響いた。

ガキの集団の中に、一人だけませた大人みたいな奴が現れたのだ。その内村が、太っちょでメガネの手綱《たづな》くんという子を助手にしてつくる壁新聞は、ずば抜けた内容で、一挙にクラスの評判を集めていった。

手綱くんは、内村と似ていなくもなかった。俺や俺の仲間のような肉体労働者のせがれではなく、町内では珍しいホワイトカラーの家の子だった。弁当箱の中身を見れば、それはすぐにわかるのである。梅干し一個、良くてものり弁当だった俺たちのそれとは違い、手綱くんの弁当箱には卵焼きや、緑の野菜が上品に並んでおり、コーナーにはオレンジまで添えられていたりした。俺たちは、いつも一人きりで本を読んでいる手綱くんをいじめはしなかったが、なんとなく敬遠していたのである。内村は、その手綱くんといつの間にか仲良くなり、二人で壁新聞を作ったのである。

当時はどこの小学校でも壁新聞が流行っていたのだろうか。俺が作っていた新聞は「おとぼけ新聞」で、内村が作っていたのが「ユーモア新聞」。俺のグループにいた一人が、

「おとぼけ新聞」を辞めて「ユーモア新聞」へ移籍するといい出した。俺と内村は、この移籍問題を決着するために、壁新聞の覇権を賭けて決闘することになった。

どうして、小学生の壁新聞づくりの顚末《てんまつ》が、決闘にまで発展していったのか、その経緯は、もううまく思い出すことができない。そして、この決闘の顚末の記憶も、内村と俺とではまったく違う。

俺は内村とタイマンを張り、校舎から張り出ているコンクリートの台座の上で、組んず解れつの戦いをし、疲れ果てた後、和解の握手をしたというものである。少年漫画を読み過ぎた子どもの捏造《ねつぞう》記憶かもしれないのだが、俺はそのときの光景をありありと思い出すことができるのだ。

内村の記憶はこれとはまったく違うものだった。俺は直接内村と戦ったのではなく、弟子のMくんに、内村を「かわいがってやれ」と指図し、Mと内村の争いを高みの見物で眺めていたことになっている。俺は争いが終わった頃を見計らって内村に近づき、「おう、なかなかやるじゃないか」と言って立ち去ったというのである。これだと俺は吉本新喜劇に出てくるせこいチンピラのような役柄になっている。

どちらの記憶が正しいのかと言いたいわけではない。小学生の頃の記憶なんていうのは、これほどあてにならないものだということである。そして、どういうわけか、その後、俺も内村もお互いの新聞を辞めてしまい、ふたりで新たに「?!新聞」なるものを一緒に作ろうということになった。一種の企業合併である。生意気なガキにもほどがあるが、本当の話である。

俺は初めて内村の家に出向いて行った。思ったほどの豪邸ではなかったが、瀟洒《しょうしゃ》な近代住宅である。内村の部屋に入ると、壁にはバイオリンがぶら下がっていた。

やっぱりな。

内村の部屋で大きな模造紙を広げて、二人で記事を書いたのだが、何を書こうかとアーとかウーと唸《うな》っている俺の横で、一心不乱、黙々と記事を書き続ける内村の姿に俺は驚愕した。俺は天性の書《か》き助《すけ》にここで出会ったのだった。

この新聞は一号限りで終わってしまった。下ネタとオカルト話満載の、小学生としてはあまりに下品で過激な内容に、担任のT先生は顔を顰《しか》め、教育上の指導ということで、壁新聞という企画自体を終わらせてしまったからである。今でいう一発レッドカードってやつだ。

俺と内村はクラスに波風《なみかぜ》を立てておきながら、その後もお互いにまったく反省の色のないまま傍若無人なふるまいを続けた。内村の存在は、俺の無軌道ぶりに拍車をかけた。おそらくは内村も俺の無軌道ぶりに応ずる形でさらに突飛な行動を重ねた。

国語の授業で内村が太宰治の『走れメロス』を朗読した。

「メロス、君は、まっぱだかじゃないか。早くそのマントを着るがいい。この可愛い娘さんは、メロスの裸体を、皆に見られるのが、たまらなく口惜しいのだ。」

勇者は、ひどく赤面した。

この感動的なラストシーンで朗読は終わるはずだった。

しかし、内村はアドリブで話の先を続けていったのである。

「赤面するメロスの顔を一本の矢がかすめた。矢文《やぶみ》だった。その矢文にはこんなことがかかれていた……」

その内容がどんなだったかはもう覚えていないが、あまりの突然の出来事に驚き、内村の才能に嫉妬すると同時に、なんだか嬉しくなってしまって、歓声を上げた。

その光景を見ていた担任のT先生は、問題児二人の座席を教壇のすぐ前に変えた。当時、男女共学の公立小学校では、二人座席の机に男子女子が並んで座るのが普通だったが、俺は先生の目の前の席で内村と、男子二人で並んで座らされることになったのである。

それでも俺たちの悪さは直らなかった。授業中、先生をからかったり、内村と漫才のような掛け合いをしたりして先生を困らせた。毎日が祝祭のような日々であった。内村は俺が教室で喧嘩をして叱られてもいつでも俺を庇《かば》ってくれ、俺も内村の突飛な行動を喝采した。それは相棒に対する無条件の肯定だった。こいつと一緒にいるだけで、細胞が活性化してくるのがわかった。内村と再会するのは、俺が大学を卒業して、会社を作った一九七七年である。そのとき、内村に一緒にやらないかと声をかけたのは、小学校時代のわずか一年半の記憶があったからである。

少し前の話になるが、ツイッターに「悪ガキの頃、東京ローカルの小さな小学校の教室で内村に出会ったこと。ただそれだけのことが六〇年後の生活に大きな影響を与えてくれている。誰と出会うかは、本当に大きいね」と書いた。

早速、内村からリプライが来た。そこにはこんなことが書かれていた。「ほんとだね。

一一歳のときにきみに会ってなかったら、自分の足元を確かに思うためには権力や財貨や威信がないと不安という人間になっていたかもしれない。友だちがいると、そういうの要らないんだよね」

小学校生活が終わると、いつもつるんでいた内村は別の中学へ行った。住んでいる場所は近かったが、学区が違っていたのである。

同じ頃、俺の家庭教師であり、ヒーローだった石沢さんの一家も、どこか別の場所へと引っ越していった。線路脇のアパートが取り壊されたのはそのしばらく後であった。石沢さんとはそれ以後、一度も会っていない。縁がなかったといえばそれまでだが、それは不思議で、すこし悲しい気がする。内村とは、現在は毎日のように顔を合わせているのであるから、よほど深い縁があったのだろう。

大森第七中学水滸伝《すいこでん》

内村と出会った小学校は、池上線の久《く》が原《はら》駅に続く商店街の外れにあった。商店街の切れ目から先には、住宅街が隣駅である千鳥町駅まで続いている。池上線の沿線は、千鳥町駅に近づくにしたがって、小さな工場が立ち並ぶ油臭い町へと色合いを変えてゆく。商人と職人が住む町が、俺が生まれ育った町である。この一帯に住む住人たちの生活レベルにはさほど大きな差はなく、お金持ちとは言えないが、堅実な日々を継いでいく下層中流に属する商人、職人、労働者といった人々で構成されていた。

一九六三年、小学校を卒業すると同時に、内村との濃密な時間は終わった。

俺は大森第七中学校、内村は違う学区の矢口西中学校へ進学した。狭い地縁の中で生きている子どもたちにとって、学校が違うと自然と付き合いは希薄になる。内村とは、年賀状や暑中見舞いなどのやり取りをする以外には、まったく会うことは無くなってしまった。

彼と再会するのは、ずっと後になってからである。内村がどのようにして、現在の内村になっていったのか。俺は、彼のことならなんでも知っているかのように錯覚することがある。実際は知らないことのほうが多いのである。実際、内村の中学校時代について、いや、高校時代についても、大学の時代についても俺はほとんど何も知らないのである。

俺が進学した大森第七中学校は、実家から歩いて五分ほどの高台にあった。

中学校のクラスは、同じような生活レベルにいた商人や職人の息子や娘という同質的なものたちで構成されていた小学校のクラスとはまったく違っていた。異なる生活、異なる職業、異なる文化が一つの鍋の中に放り込まれた具材のように、中学校で混ざり合うことになった。

中学校に入学してすぐに、担任の教師はクラス委員を指名した。以後は、ホームルームでの選挙で決めるようになるのだが、最初だけは教師が指名したのである。どんな基準で選んだのかはよくわからないが、俺は全校生徒委員というクラス委員に指名された。

全校生徒委員は、各クラスから選ばれた男女二名で構成されており、月一回の全校生徒委員会に出席する。そこで、学校全体の問題について話し合いをするのである。

女子の全校生徒委員に選ばれたのは青山葉子であった。青山さんは俺とは別の千鳥小学校からこの中学に入学してきた。小学校時代はずば抜けて成績が良く、男子生徒の憧れの的であったらしい。日に焼けた端正な顔だちにショートヘアがよく似合っている。ウグイスのようなハイトーンで喋る青山さんは、強度の近眼だったが眼鏡をかけておらず、俺に話しかけるときは目の前まで顔を近づけてくる。俺はドギマギしたが、いいクラスに入ったと嬉しくなった。

「久が原台に聳《そそ》り立つ、我が七中の若人《わこうど》が〜」という応援歌にあるように、俺が通った中学校は久が原台地に立っていた。戦前昭和の時代、慈恵医大《じけいいだい》があったところで、慈恵台とも呼ばれていた。

この久が原台地から坂を下り、池上線を越えると沿線の工場街に突き当たる。その先に、住宅街と商店街があり、その商店街の外れに俺と内村が通った小学校があった。さらに西へ下り、もう一つの線路である目蒲線《めかません》を越えると、多摩川までのなだらかな傾斜地になっている。

久が原台地と多摩川の間のエリアには三つの小学校があった。

俺と内村が通った商店街の中の東調布第三小学校、池上線千鳥町駅近くにあったのが千鳥小学校、さらに多摩川べりに住む子どもたちが通った嶺町《みねまち》小学校である。生活レベルも、価値観も、文化レベルも違う小学校の生徒たちが、久が原台地に聳り立つ第七中学校へ続々と入学してきたのだ。ひとクラス五〇人。それがA組からK組まで、一一クラスもあった。総勢五五〇名。ベビーブームの終わりの頃の中学校には生活レベルも、学力も、体力も異なった雑多な生徒で溢れていた。

同じ京浜工業地帯の外れに位置する東調布第三小と千鳥小に通う生徒たちの生活レベルにさほど大きな差はなかったかもしれない。しかし、多摩川に近い嶺町小は、多摩川べりの大きな工場の下請けで食っている小さな工場や、工事現場のバラック小屋が並ぶ、うら寂しい町の中にあり、この小学校からやってくる生徒たちの中にはちょっと得体《えたい》の知れない奴らが混じっていた。兄貴が刑務所から出てきたとか、情婦のようなことをしていたとか、薬をやっていたとか、そんな噂が付きまとっていたのである。

三つの小学校から集まってきた生徒たちの様子は、まるで異なる部族が、峠の三方で、それぞれ狼煙《のろし》を上げているといった風情《ふぜい》だった。中学校の校庭は、それぞれの地域の喧嘩自慢や優等生が、雌雄を決する決闘場みたいな感じである。この言い方はちょっと大げさだけど、本当にそんな雰囲気があったのだ。

大森第七中学校の近くにはもう一つ別の小学校があった。久原《くがはら》小学校である。数は多くないが、久原小学校からも数人の入学者があった。久が原台のお屋敷町の姉弟たちである。俺は彼らにほとんど何の関心も持たなかったと思う。

ひとつ言い忘れていたことがあった。

千鳥小学校の近くに、朝鮮学校があった。七中の悪《ワル》たちは、朝鮮学校の生徒たちと、しばしば、いざこざを起こしていた。中学校の卒業式には、朝鮮学校の生徒たちが七中の不良どもを懲らしめるために、武装して集合しているという噂が立った。七中の不良たちも、バットやチェーンで武装してこれを迎え撃つのだという。噂が噂を呼び、パトカーが学校の近くに待機しているという話まで広まっていた。

結局何も起こらなかった。今から思えばそれらはデマだったが、こういうデマがあちらこちらで、間欠泉《かんけつせん》のように噴き出していた。

俺のクラスに、金本くんという細い目をしたひょうきんな男がいた。金本くんの家は池上線沿線で、小さな雑貨屋を営んでいた。当時俺は、金本くんと何度か遊んだ記憶があるが、彼が在日朝鮮人であるということには気づかなかった。

中学二年生の頃、金本くんは唐突に、学校に来なくなった。以後、彼の消息はわからないままである。一九五〇年から八〇年代までの間、日本から朝鮮民主主義人民共和国への集団的な永住帰国を推進する事業（帰国事業）というものがあった。おそらく、金本くんの一家は帰国事業の船に乗って、北朝鮮へと渡っていったのだろう[10]。

中学校の一年目に俺が配属されたクラスで一際《ひときわ》目立っていたのは、千鳥小学校から来た神田遼一という男だった。神田は柔道部に入り、敵なしの強さで、二年生になると主将になった。勉強でも神田は目立った存在で、誰もが一目《いちもく》置いていたのである。小学校入学以来、人一倍ヤンチャで、勉強もできた俺は、中学校に入ると目立たない、どこにでもいる普通の生徒になっていた。

「マルちゃん、そろそろ本気出して」と、中学で再び同じクラスになったM子が言った。

俺はまた思った。

M子のやつ、俺のことが好きなんだな。

「そろそろ本気出すか」と俺は虚勢を張った。

同じクラスにいたのが、久原小学校出身の駒井鉄雄と、嶺町小学校出身の伊澤寛太である。駒井は身長一八〇センチ近い大柄な男で、もじゃもじゃ頭。いかにも、金持ちのドラ息子といった風貌をしていた。実際、彼の家は裕福な家が並ぶ久が原でも目立っていた。伊澤の家は嶺町にあり、家屋の一部が小さなレンズ研磨工場になっていた。その生活ぶりは、お世辞にも裕福とは言えなかった。どういう経緯かはわからないのだが、この二人は、もう一人の別のクラスの男と三人で、ベンチャーズバンドをやっていた[11]。

駒井の家が、練習場所になっており、俺は一度だけ見に行ったことがあった。駒井がドラム、伊澤はリードギターである。だが、当時の俺は、彼らに何の関心も持たなかった。

駒井も伊澤も違う世界にいる奴らだと思っていた。何が、バンドだよ。いい気なものだと、むしろ敵意に近い感情を持っていたと思う。クラスの中の秀才組は、ベンチャーズよりも、反骨の不良少年としてのビートルズにシンパシーを感じていたようであり、俺も密《ひそ》かに、ビートルズのレコードを買って聴いていた。

食事どきに蓄音機で、「ツイスト・アンド・シャウト」をかけていると、親父が「うるせえな、止めろその音」と言って、俺を叱ったのを覚えている。じゃあ、これはどうだと、同じ時期にヒットしていたピーター・ポール&マリーの「花はどこへ行った」をかけたが、親父はそもそも音楽にまったく興味を示すことはなかった。文学にしても、音楽にしても、そもそも文化的なことに対して、まったく興味を示すことはなかったが、本当のところどうだったのかは、よくわからない。ただ、工場の息子が、文学や音楽に感化されて、実用的な生活から離れていくことを恐れていたのかもしれない。

隣組的な地縁共同体を支配していたのは、家父長的な価値観と、わかりやすい勧善懲悪の世界だった。俺は、見たいものだけを見て、臭いものには蓋をするような世界観に疑いを持ち始めていた。いつも世間体ばかりを気にしている親に対しても、ちょっとした嫌悪と軽蔑を感じるようになっていた。それまでのように良い子になって、孝行息子を演じることに嫌気がさし始めていた。こんな世界から離れるために、俺にできることはなんなのだろう。俺は躊躇なく文芸部に入部した。

俺は読書会をやらないかとクラスの友人たちに声をかけ、手始めにヘルマン・ヘッセの小説『デミアン』[12]を読むことにした。そこには善悪や社会の明暗を巡って、自らの思想を確立しようともがく青年の逡巡や苦悩が描かれていた。観念的な小説だが、俺には、善悪も明暗も、宗教や社会が押し付けたまやかしだと囁《ささや》いてくるデミアンの声が聞こえてくるような心持ちになった。このとき俺が読書会に誘った級友が神田遼一だった。神田は、小学校時代は成績は良いが、スポーツに夢中になっている体育馬鹿だった。だが、中学校に入学すると猛烈に本を読み始めた。俺の影響もあったのかもしれない。

不思議なことだが、俺は自分と同じ出自の駒井や伊澤ではなく、違う種族の生徒たちに接近した。それが、文武両道の神田遼一だった。もう一人忘れてはならないのは、嶺町小からやってきた、「狂犬」と呼ばれた不良だった。

ひょんなことから俺は狂犬と仲良くなった。ひょろりとした体型で、ボンタンと言われるだぶだぶのズボンを穿いた狂犬は、喧嘩が強そうには見えなかったが、その目には何をしでかすかわからない狂気が宿り、いつもヘラヘラと笑っていた。

つまり、こういうことだ。

俺にとって中学校時代の仲間は、神田遼一と狂犬という、クラスの一番上で輝いていた男と、一番下で牙を研いでいるような男であった。

神田と狂犬と俺は、この頃は特に仲良しというほどではなかったのだが、俺はこの三人なら何か面白いことができるのではないかと感じていた。彼らを家に呼び、ビートルズの音楽を聴かせると、まず神田がこれはいい、こういうのが聴きたかったと身を乗り出してきた。狂犬は絵画が好きだったが、音楽にも興味を持っていることはわかっていた。音楽の時間、他の授業はほとんど聞いていないで悪さばかりしていたが、合唱だけは楽しそうに大きな口を開けて歌っているのを見ていたからである。俺は彼らに言った。

「三人で、放送室を乗っ取らないか」

「え、それってどういうことだよ」と神田が首を捻《ひね》った。

「昼休みとか下校の時間、いつもクラシックの音楽がかかっているだろ。あれは放送部の連中が選んでいるのさ。俺は、放送部の連中に、話をつけるので、放送室に乗り込んで、昼休みにビートルズとかビーチ・ボーイズをガンガン鳴らしてやろうと思うんだ」

「面白そうじゃねぇか」と狂犬が初めて口を開いた。

放送部の連中は、俺と神田と狂犬というトリオの出現に驚いたようであったが、狂犬がヘラヘラと笑いながら、「ちょっとこの部屋貸してくれよ」と言うと逃げるように出て行ってしまった。あのヘラヘラ笑いには、よほど凄みのあるオーラがあったのだろう。

その日の昼休み。「ツイスト・アンド・シャウト」の爆音が学校中に流れ、早弁を済ませた生徒の何人かは、ホウキをエレキギターがわりにして、腰を振ったり、がなり立てたりした。

これが、後々まで大森第七中学で語り継がれることになった「放送室乗っ取り」事件である。

この頃、俺は、かなり調子に乗っていたんだと思う。

そんなことを面白く思わない連中もいた。あるとき、俺は不良グループ六、七人に校舎の裏で囲まれることになった。リンチが始まろうとしていたのだ。彼らから見れば、俺は全校生徒委員になって調子に乗り、好き勝手なことをやっている生意気な野郎に映ったのだろう。

確かに、委員に選ばれ、皆からちょっと注目されるようになった俺は、羽目《はめ》を外すことがあった。「放送室乗っ取り」事件を始め、学校の壁に、「帝国校長反対」なんていう落書きをして、職員室の机の上に正座させられたりもした。そこに政治的な意味があったわけではない。新聞や雑誌に躍る「帝国主義反対」の文字をどこかで使ってみたかっただけである。つまり、小学校の頃の、お調子者の俺がつい顔を出してしまっただけである。不良たちからすれば、ここらで、「焼き」を入れておくかということになったのだろう。

青山さんは、どこかで事の顚末を聞きつけると、すぐに同じクラスにいた柔道部の神田遼一を呼びに走った。青山さんと同じ小学校から来た神田は、勉強も一番、喧嘩も一番という評判の男である。騒ぎを聞きつけた柔道部の連中もやってきて、不良グループと睨み合いになった。

しばらく睨み合っていたが、そこに狂犬が現れたのである。そして、いつものようにヘラヘラ笑いながら、俺を囲んでいる連中に言った。

「こいつに手ぇ出すんじゃねぇ」

狂犬は、不良グループにとっては歯向かうことのできない存在であった。かれの兄貴は、不良グループがたむろする街角では有名な、本物のヤクザだったからである。

ここで、そもそもの、俺と狂犬の出会いについて説明しておきたい。

入学まもない頃、授業中、ヘラヘラと笑いながら、コンパスの針で俺の背中を刺してくる奴がいた。白いシャツから血が滲《にじ》んでいるのが自分でもわかった。クラス一の悪《ワル》、狂犬の仕業だった。腹を立てた俺は、狂犬に摑み掛かり、そのまま教室の中で取っ組み合いの喧嘩になった。

体育大学出の担任教師は「二人とも出ていけ！　廊下で立っていろ！」と一喝し、俺たちは教室を出たのだった。この教師には狂犬も逆らえなかった。どう見ても、角刈りの教師の方がヤクザっぽかった。

この教師の口癖は、「男は男らしく、女は女らしく、学生は学生らしく」だった。今の時代なら、典型的な反動として非難を浴びることになるかもしれないが、当時はこの教師の言葉にほとんど誰も大きな違和感を覚えることはなかった。一九六五年から放映が始まった学園青春ドラマ『青春とはなんだ』が大ヒットした時代である。映画版では石原裕次郎が、テレビドラマでは夏木陽介が主役の高校教師役で出演し、ラグビーというスポーツを通して、青春というものの一つのロールモデルを提供した。それこそ、「男は男らしく、女は女らしく、学生は学生らしく」というものであった。アイデンティティの揺らぎや、差別というものは表面化してくることはなかった。世界は単純で馬鹿で、美しかった。俺もまた、単純で、馬鹿だったのである。

二人で並んで廊下に立たされているときには、俺も狂犬も冷静になっていて、お互いにはぐれもの同士の親近感のようなものを感じていた。それ以来この男は俺に絡んでくることはなくなった。クラス一の悪《ワル》に、皆怖がって近づこうとはしなかった。友達のいない狂犬は、俺にちょっかいを出すことで仲間になりたかったのかもしれない。いや、狂犬にとって成績の良かった俺は利用価値があったのかもしれない。俺も、仲間の一人に狂犬のような奴がいることがちょっと誇らしい気分だった。狂犬には一つだけ、素晴らしい才能があった。それは絵がうまかったことである。図画の時間になると、俺は狂犬と並んで階段に座り、スケッチブックを広げて絵を描いた。

美術の先生が、俺たちに声をかけてきたことがあった。

「お前たちどうしていつも一緒にいるんだ」

「こいつ、おもしれえからよ」と狂犬が思わぬことを言った。

俺はただ笑っていたが、「おもしろいのはお前だよ」と言ってやりたかった。

二人とも、先生に声をかけられたのが嬉しかったのだ。

クラスの中の誰一人として、怖がって近づこうとしなかった狂犬に、唯一親しげに声をかけるのは俺だけだった。誰にも懐《なつ》かなかった狂犬は不思議に、俺には懐いたのである。

不良グループに囲まれたとき、俺を救ったのは神田遼一ではなく、すぐに神田に連絡してくれた青山葉子と、噂を聞きつけて駆けつけてくれた狂犬であった。このことがあってから以後、俺はいつも青山さんを目で追うようになった。だが、青山さんは神田遼一のことが好きなんだと思うと少し悲しい気持ちになった。

俺は、青山さんを追っかける代わりに、より深く神田に接近した。読書会を続けるだけでなく、お互いの家に泊まり込んで試験勉強をした。神田には、中学生にしては大人びたところがあり、ケツの青い俺は、この男のもつ父性のようなものに魅了されたのだった。

まあ、そんなわけで中学校時代を通じて、神田は俺の親友になった。会えば必ずお互いが読んでいる本について語り合った。高校受験を控えた卒業間近の頃、神田は小林秀雄《こばやしひでお》にハマっていた。俺は太宰治一辺倒だった。

最初に惑溺《わくでき》した本が、小林秀雄か太宰治かは、かなり大きな影響をその後の人生に与えるものだと思う。小林秀雄の影響は甚大だった。神田は言うこと、所作《しよさ》、すべてにおいて、小林秀雄を意識するようになった。そして、モーツァルトや、ゴッホ、岡潔《おかきよし》や、青山二郎について語った。俺はなんとなく、小林秀雄という存在に反発を抱いた。あまりに、立派過ぎる。ゆらぎがない。ゆらぎのない人間に憧れる人間に対しても懐疑心が湧く。

「自信満々なやつなんぞクソ喰らえだ」

俺はいつもそう思っていた。いや、そう自分に言い聞かせていた。どう見ても、小林秀雄は立派で大人だが、自信満々な文学などあってはならない。悟ったような人間の書くものは所詮《しょせん》俺とは関係がない。そう思おうとしていた。そんなわけで俺は太宰や、坂口安吾《さかぐちあんご》や、織田作之助《おださくのすけ》といった無頼《ぶらい》の作家に傾倒していった。かれらの揺れ動く語りの中にこそ、自分が生きてゆける場所があると感じていた。小林秀雄の価値が分かるようになるのは、しばらく後になってからのことだ。こっぴどい失恋経験をして、何も読む気がしなくなったとき、小林秀雄の文章だけが読める時期があったのである。ゆるぎのない言葉にしがみつきたくなるときもあるということである。

神田とは、文学の話だけではなく、将来のことや、好きな女生徒の話をした。しかし、俺も神田も、慎重に青山さんのことを話すのを避けていた。それを言ってしまうと、神田との友情にヒビが入る気がしていた。それ以上に、今から思えば不思議な話だが、俺たちの中学校時代は、好きな女子の名前を口に出してしまったら、世界が終わってしまうような気がしていたのである。「男女七歳にして席を同じゅうせず」といった封建的倫理観が、俺たちの中にもまだ残っていたのだろう。

俺は、青山さんや、小学校の仲間の内村が受験する高校へ行きたかったが、成績が少しばかり足りなかった。担任の先生は、別の高校の受験を俺に勧めてきた。

受験前に神田遼一と二人で、担任が勧めている高校の見学へ行った。その帰り道、神田が言った一言が決め手だった。

「なんだか、優秀な不良がたくさんいるような学校だな」

いいじゃないか。優秀な不良。

しかし、入学した高校は、気の抜けたサイダーのようなところだった。優秀な不良というよりは、不良になれない優等生が集まっているという印象だった。どうしても、刺激的な中学校時代の仲間たちと比較してしまう。

入学初年、神田遼一とは別々のクラスに配属された。彼はこの高校が気に入っているようだった。

彼は柔道部に入部したが、規則に従順な優等生になった分、中学校時代の輝きは薄れていたように思う。毎月テストが行われ、成績の一番から四百番までクラス横断の順位が発表されるのだが、神田はいつも成績上位であり、俺の順位は下から数えた方が早かった。

俺はもう、神田の競争相手ではなくなっていたのだ。

小学校のときの家庭教師だった石沢さんの影響もあって、俺は水泳部に入部した。最初は平泳ぎの選手だったが、バタフライの選手がいないので、バタフライに転向した。俺は、バタフライ競泳と、個人メドレーの選手としていくつかの大会に出て、そこそこの成績を残した。水泳部での活動は、冬はマラソンで持久力をつけ、夏は授業が始まる前にひと泳ぎし、授業が終わると夕方まで毎日二五メートルダッシュを繰り返すという厳しいものだった。帰宅する頃には、もうどこにも体力は残っていない。勉強などできるはずもない。

体育祭のとき、プールサイドに、眼鏡をかけた青山さんの姿があった。他校から応援に来てくれていたのだった。青山さんと同じ高校の内村透の姿はなかった。五〇メートルバタフライ競泳で、俺は一着でゴールした。プールから上がって周囲を見渡すと、青山さんが拍手をしながら飛び跳ねている姿が目に入ってきた。

高校時代の、俺にとって唯一眩《まぶ》しいほど幸福な思い出である。だが、ここまでが、俺のできる精一杯だった。それ以降、青山さんと会うことはほとんどなくなった。俺の方からアクションを起こすということもなかった。所詮は、中学校で好きになっただけの女の子だったのかもしれない。高校、大学と進路が変わり、会わなくなってしまえば、その面影は次第に淡いものになり、やがては消えてゆく。そう思っていた。数年の後、再び会うことになるなどと、このときは思ってもいなかったのである。

高校時代の俺は、水泳にのめり込み過ぎて勉強にはちっとも身が入らなかった。数学だけは得意だったが、英語も、日本史、世界史もからっきしダメであった。英語の授業はほぼ寝ていた。今から思えば、この頃までに、その後の俺の人生に大きな影響を与えた登場人物はほとんどすべて出揃っていたことになる。

人間関係は無限に拡大してはいかない。俺の場合、中学校までに出会った友人たちと、還暦を過ぎても付き合いを続けている。高校のときの仲間や、大学の研究室の仲間たちと、卒業後まで付き合いを続けることはなかった。言うなれば、彼らは、別れるために出会った友人たちであった。

小学校時代の相棒、内村透とは、中学、高校、大学と疎遠だったが、大学を卒業してから頻繁に会うようになった。中学校時代はほとんど付き合いもなくもう会うことはないだろうと思っていたベンチャーズバンドの駒井鉄雄や伊澤寛太とは、大人になってから再会することになった。俺が中学校時代に兄弟のようにいつも一緒にいた神田遼一は、三〇歳になる前に、脳腫瘍に襲われ、ほとんど唐突に俺の目の前から消えてしまった。

狂犬？

後年、彼と一度だけクラス会で会ったことがあった。

誰が主催したクラス会なのか覚えていないのだが、池上本門寺《ほんもんじ》の近くのレストランに、中学校の懐かしい顔が集合した。そこに、思いがけない人物が現れた。狂犬だった。

一瞬、俺は誰だか分からなかった。ネクタイはしていなかったが、パリッとしたスーツ姿だったからである。

「お前、今何やってるんだ」と問うと、狂犬は上着の襟につけていた紋章のようなものを俺に見せた。それは有名な銀行のマークに似ていた。

「え、銀行に勤めているのか、すごいじゃないか」と言うと、思わぬ答えが返ってきた。

「何言ってやがる。○○連合だ」

狂犬は、全国でも有名なヤクザ組織の組員になっていた。

---

8 蒲田駅は南東京を走るローカル線のターミナルステーションである。「池上線」（蒲田—五反田）と目蒲線（蒲田—目黒）。小津安二郎《おづやすじろう》の戦前のサイレント映画の名作、『大人の見る繪本《えほん》　生れてはみたけれど』には、この両線の走行シーンが何度も映し出されている。

9 『伊賀の影丸』は、昭和三六年から四一年まで、『週刊少年サンデー』に連載された、横山光輝《よこやまみつてる》の人気漫画。江戸幕府の隠密である伊賀の忍者は、服部半蔵の命を受け敵対する勢力と戦う。山田風太郎の『忍法帖シリーズ』が下敷きになっていたのかもしれない。由《ゆ》比《い》正雪《しょうせつ》との対決は、この連載の圧巻であった。

10「在日朝鮮人の帰還事業」とは一九五〇年代から一九八四年（昭和五九年）にかけて行われた在日朝鮮人とその家族による日本から朝鮮民主主義人民共和国（北朝鮮）への集団的な永住帰国あるいは移住のこと。浦山《うらやま》桐《きり》郎《お》の映画『キューポラのある街』でも、この帰還事業のエピソードが語られている。

11 インスツルメンタルロック・バンドであるベンチャーズは、一九六〇年代のバンドブームを牽引した。大音響エレキ・サウンドは若者たちを虜《とりこ》にし、日本各地にベンチャーズのコピーバンドが登場した。同時期、ビートルズの映画『ビートルズがやって来るヤァ！ヤァ！ヤァ！』が公開され（日本公開は一九六四年八月）、中学生たちが、学校の授業をサボって観に行くという「事件」が起きた。筆者もその一人で、スクリーンの舞台に女性が駆け上がり、映像の上に凭《もた》れかかるという衝撃の場面を目撃している。

12 ヘルマン・ヘッセの作品。少年がその成長過程で、自己の内面を見つめ、恋愛、挫折、悪への憧れを経て成長してゆく青春小説。世界の青年に多大な影響を与えた名作である。

一九七〇——描かない絵描き

工場のアジト

実家の工場は、何回か増改築を繰り返した。

工場の隣の敷地に建っていた平屋の一軒家を地主から借り受けたときに、俺の家族は工場の二階の部屋から、平屋の方へ移った。工場の二階の一室は住み込みの工員専用の部屋になり、もう一室は工員の休憩室になった。

俺が高校三年生になったとき、父親は借り受けていた平屋の一軒家を、格安で地主から買いとった。価格は通常の路線価に比べると、比較にならないほど安かった。父親はすぐに平屋を改築して二階建てに建て増し、二階の六畳二間の一室ずつを俺と弟の部屋にしてくれた。

高度経済成長の波がなければ、短期間でのこれほどの増改築はあり得なかっただろう。

俺の部屋は、裏口に接する通りから直接上がって来られる外階段につながっており、家族と顔を合わせることなく直接自由に出入りできるようになったのである。家を出たがっていた俺の気持ちを察して、父親が下宿のような形に改造したのだろう。

住所は大田区調布千鳥町百一番地。

二階の部屋で日中寝転んでいると、隣の工場から旋盤やプレス機械の音が響いてくる。昼間は騒音で往生したが、夜間、機械が止まったあとは、この部屋はちょっとしたアジトのような空間に変貌した。

一九六九年の東大は、学生運動のあおりを受けて入試そのものが中止になった。東大をめざしているもののなかには、大学受験そのものを見送るものもあった。神田遼一は東大をめざしていたが、現役で横浜の国立大学へ入学した。俺は、郊外の国立大学を受験したが、受験勉強をまったくしないまま試験に臨んだので、入試問題の設問にほとんど何も答えられなかった。

一九七〇年、大阪で万国博覧会が開催された年。俺は予備校にほとんど行かず、毎日渋谷道玄坂にある「ライオン」という音楽喫茶に通い詰めていた。この年、俺はどこにも帰属することができず、友人たちとも離れ、毎日毎日「ライオン」の薄暗いテーブル席で、詩や詩論を書いていた。この年は、俺にとって、いや、俺の同時代にとってとても重要な年であり、俺にとって「ライオン」はその後の俺の人生を左右するほど重要な場所になるのだが、それについてはまた後で詳しく書くことにしよう。

さて、一年の浪人生活の後、俺は千葉にある国立大学を受験した。その日の東京の天気は雪で、受験開催も危ぶまれるほど積もっていた。俺は、試験中止を念じたが、大学側は、交通事情で遅刻したものには急遽特別の試験会場を設置するなどして、何とか実施にこぎつけ、無事に試験が終わった。

この大学の受験生の中で、最低の点数は俺だったかもしれない。数学だけは得意だったので、ある程度答えることができたが、英語はまったくできなかった。

社会科では政治経済、歴史、地理、倫理社会の問題が一緒に綴《と》じられており、その中から事前に選択した科目を選ぶようになっていたが、俺は事前に申告していた歴史を選ばずに政治経済の問題を選択してしまったのである。だから、社会科の点数は〇点だったに違いない。惨憺《さんたん》たる結果であった。帰途、俺は総武線に乗って、周囲の雪景色を眺めながら代々木まで帰ってきた。

総武線の中で、坊主頭《スキンヘッド》にふんどし一丁といういでたちで、旗竿を持つ奇妙なおっさんに出会った。

何度かテレビでみたことのある、「ワハハおじさん」だった[13]。

テレビの中のおっさんは、真冬でも大きなお腹を丸出しにして、「わっはっは、わっはっは」と笑っていた。おっさんの目的が何かは、俺にはよくわからなかったが、その風体の物珍しさが評判を呼び、何度かテレビで取り上げられていた。「全身顔だと思えば、寒くはない」というのがおっさんの決め台詞《ゼリフ》だった。

だがこの日は、神妙な顔で、車窓に映る雪景色を眺めていた。いつもの笑い顔ではなかった。あの笑い顔は外向けのもので、このおっさんには別の顔がある。俺はそう思った。おっさんだけじゃない、誰もが別の顔を持っている。誰もが人知れぬ苦悩を隠しながら、笑っている。暮れなずむ房総の雪景色が、一層その思いをかき立てた。

俺は一年目の大学受験失敗の後、市ヶ谷の予備校に通っていた。浪人生活をしている頃、工場の隣棟の二階の俺のアジトには、毎日のように誰かが出入りしていた。現役で大学に入学した神田遼一もいれば、大学進学を諦めて働き出したやつも混じっていた。一番頻繁にやってきたのは、俺と同じ境遇の浪人生の越谷《こしがや》、後に俺が起業する会社の初期メンバーになる石山や横田といった面々である。

外見上はどこにでもいる浪人生だが、どこか思いつめたような反抗的な若者たちは、毎晩のように集まっては、タバコを吸い、酒を飲んで深夜まで話し込んだ。その光景は、昭和の時代の、絵に描いたような青春群像であった。「アジト組」の面々は、くだらない話を延々と続けることもあったが、誰もが胸のうちに自分たちがこれからどうなるのかという屈託を抱え込んでいた。ちょっとしたきっかけさえあれば、どこに転がり出すかわからないような不安定な気持ちを持て余していたのである。

青年期というものは、誰にとっても危険と隣り合わせの時期にあたる。その青年期を無事に潜り抜けることができるのか、それとも暗い目をしたまま裏道へと迷い込んでしまうのかはほとんど紙一重《かみひとえ》の違いでしかない。

現役で大学に入学した奴らの中には、自家用車で大学に通うものもあった。この時代、若者が車の免許を取得し、親の金で買った車を乗り回している光景も珍しいものではなかった。一九五七年に誕生し、一九七二年に四代目として発売された日産のグランドツーリング車スカイラインGTは、大掛かりなテレビコマーシャルで評判になった。「ケンとメリーのスカイライン」通称ケンメリの物語は多くの若者の心を捉えることに成功した。当時の販売記録を塗り替えるほどの売れ行きで、その数は六四万台に及んだ。この時期の日本は、高度経済成長の総仕上げのような時期にあたり、七三年の中東戦争に起因するオイルショックによる初めての経済的挫折を味わうまでは、まさに経済大国に向けて走り続けていたのである。

そんな右肩上がりの経済成長の途上にもかかわらず、俺の二階に吸い寄せられてきた「アジト組」の若者たちは、時代の気分とは裏腹に、大きな挫折感と焦燥感で身悶《みもだ》えしているようであった。世間が明るければ明るいほど、行き場のない裏道への入り口を、むしろ自分から引き寄せていたのが俺たちだった。何者かでありたい自分と、受験勉強以外に何もできない浪人生という現実。なりたい自分になれない鬱屈のはけ口が酒であり、タバコであり、喧嘩だった。

これは青年期の誰にも訪れる疎隔感《そかくかん》なのかもしれないが、たかが受験の失敗に過ぎない小さな挫折が、当人たちにとってはかなり堪《こた》えることだったのは確かだった。俺の場合、浪人生活のときにはさほどの挫折感を覚えることはなかったが、一年の浪人生活の後、二年目も国立大学の受験に失敗し、なんとか高田馬場の私立大学に入学してから一気に強い挫折感を味わうことになった。

もともと大学に何の期待もしていなかったが、俺が入学した早稲田大学理工学部は大きな会社のような感じで、学生も皆こざっぱりとした優等生の集まりといった感じで、彼らの、車やファッションに関する話を聞いても、退屈なだけだった。キャンパスの何処を探しても、工場のアジトに集まってきたような屈託を抱え込みながらも、知的な雰囲気を帯びた学生はいないように思えた。

それでも、ひと月ほどは授業に出ていたのだが、生《なま》あくびばかりで、授業をサボっては校庭の芝生に寝転んで昼寝ばかりといった状態で、そのうちキャンパスに足を運ぶこともなくなってしまった。入学、即留年である。

俺は、大学に籍を置いたまま、二年目の浪人生活に入った。別の大学の、文学部を受験して出直そうと考えたからである。

俺が武谷次郎という男に会ったのは、早稲田大学理工学部に籍を置いたまま、二度目の浪人生活を始めて間もない頃であった。学費を出してもらっている手前、大学へ通っているふりをしていたが、俺は多摩川からほど近いところにある大田図書館に毎日通うようになっていた。その図書館には、二浪組の仲間だけでなく、すでに大学に通っている連中もよく顔を出していた。朝っぱらから、図書館の休憩室でぐだぐだしているのは、大学生、二浪組、司法浪人といった連中である。司法浪人生の中には、一見してもう何年も浪人生活を続けているものもあり、おそらくは母親か、奥さんが作ってくれた弁当持参で、一日中図書館の中に居座り、終わりの見えない司法試験対策の勉強を続けていた。彼らに比べれば、俺などは気楽なものだ。たかが二年じゃないか。

中学校時代に同級生だった越谷が、面白い男がいると言って武谷を大田図書館に連れてきた。越谷は神田遼一と並んで注目を集めていた早熟の天才だった。中学校のときに、「砂の芸術コンテスト」で優勝し、そのご褒美でフランス旅行をしたことがあった。パリの街角で、恋人たちがキスをしているのを見てショックを受けたと言う。フランスから帰ると、越谷の行動は大胆になった。いつも一眼レフを首からぶら下げ、街角で綺麗な女性に出会うと、「写真を撮らせてください」と言って、ファインダー越しに声を掛ける。「嫌がられてもいいんだ。関係ができるからね。何もしなければ、何も起きない」と勝手なことを言っていた。

彼は大森七中を卒業し、国立大学附属の高校へ行ったが、怪我が原因で最初の大学受験に失敗した。翌年に東京外国語大学へ入学したが、満足しているようには見えなかった。この越谷といつも一緒につるんでいたのが武谷で、越谷によると二浪組だということだった。東大理学部を目指していたが、入試中止の発表を聞いて、どこの大学も受験せずにそのまま浪人生活に入ったのだと言う。二年目に武谷がどこの大学を受験したのか、それとも二年目も、どこの大学も受験しないまま浪人生活を続けているのか俺にはよく分からなかった。直接それを聞くのは何となく憚《はばか》られたし、武谷もそんなことはどうでもいいじゃないかといった風であった。

彼の実家は千鳥町の隣の町である久が原にあった。歩いて一〇分ぐらいの距離だが、俺は彼の実家のあるエリアに行くことはなかった。物理的な距離というよりは、もっと別の、生活レベルの距離が俺の足を遠ざけたのである。

俺の実家である大田区千鳥町は線路脇の町工場の並んだ労働者階級の町だが、池上線の線路を渡り、坂道を上った先にある彼の実家のあたりには、高級住宅街が拡がっており、学者、文化人、大手企業の役員たちが住んでいた。池上線の線路が、ブルーカラーの町とホワイトカラーの町を分かち、ブルーカラーの息子たちは、坂道を上らなければホワイトカラーの町に行くことはできなかった。

坂の上には、昭和の初め頃まで慈恵医大の予科があった。近隣の人たちは、このエリアを慈恵台と呼んでいた。慈恵台は、南側の池上線と北側の第二京浜国道に挟まれた小さな丘陵地である。そこには大昔、弥生人《やよいじん》が竪穴《たてあな》式住居に暮らす集落があった。そしてその場所に俺が通った大森第七中学校があった。中学校のサブグラウンドを掘れば、いくらでも土器が出てきた。いっとき、土器探しがブームのようになって、グラウンドが穴だらけになった。

父親が大手商社の役員、兄貴がアメリカの大学で理論物理学を研究しているというハイソな家柄の二男坊であった武谷は、当初は、将来は物理学を学んで、大学の研究室に職を見つけるという進路を思い描いていたかもしれない。だが、二年も浪人生活を続けているうちに、進むべき道は霧の彼方《かなた》に霞《かす》んでしまい、自分がどこを歩いているのかさえよく分からなくなっている様子だった。

武谷が二浪組だと聞いて、俺は、何となく武谷は東京藝大を受験して失敗したのではないかと思った。東大よりも、藝大の方が彼に似合っているようにも思えた。俺もまた、藝大に行こうかと思ったことがあった。上野の美術館を訪れた帰りに、裏通りを歩いていると、東京藝大の庭でイーゼルを立てて絵を描いている学生の姿を見かけたことがあった。浪人生の俺には眩しい光景であった。俺は、自分もそんな生き方がしたかったんじゃないかと自問した。しかし、工場の後継を期待している父親に、藝大を受験したいなどと言うことは憚られたし、自分にそんな才能がないのも分かっていた。

図書館で最初に出会ったときの武谷は、無精髭をはやし、革靴にグレーのズボン、グレーのジャケットを着込んでいた。きっと、母親が買ってきた服をそのまま毎日着ているのだろう。若者風のジーンズとかTシャツ姿の武谷を見たことは一度もない。武谷は、服装にはまったく頓着《とんちゃく》していないといった印象であった。一見、芸術家風の雰囲気があり、いつも何か考えているような暗い顔をしていたが、笑うと目尻が下がり、そのひげ面は人懐っこい動物のようになった。ヤギみたいだなと俺は思った。

図書館では、いつも数人の浪人仲間が一緒に勉強をしており、食堂に集まっては取り止めのない話をした。お互いが読んでいる本の話や、映画の話が中心だったが、武谷はあまり興味を示していないようであった。かといって、話が面白くないといった風でもなく、黙って聞いている。そして、ときおり例の人懐っこい笑顔を見せていた。

一体、この男は何を考え、何に興味を抱いているのだろう。

武谷は、俺がこれまで出会った友人たちのなかでは最も寡黙な男だったが、俺には気を許しているようであった。しかし、武谷も含めて、このときの図書館仲間を友人と呼んでいいのかといえば、ちょっと違う。お互いに、心のうちを吐露《とろ》するようなこともなかったし、適度な距離を保ったまま浪人生という境遇を共有しているだけの付き合いである。工場のアジトに集まっていた、神田遼一や越谷はすでに大学生になっていた。俺も一浪後に大学に入ったものの、そのままドロップアウトの状態だった。

神田や越谷と、図書館で新しく付き合い始めた連中とは、付き合いの密度が明らかに違っていた。武谷も、当初は友人というよりは同じ図書館仲間の一人に過ぎなかった。

工場のアジトに武谷が一人でやってきたことがあった。俺は、少しばかり意外な感じがしたが、俺のところに来てくれたことが嬉しかった。そのとき、こんな話をしたのを覚えている。

「武谷くん、来年はどこを受けるの。みんないい大学に入って、ガールフレンド作ってさ。いいよな。楽しそうだよな。俺はときどき、このままどこの大学にも行かずに、親父の工場を継ぐのかもしれないと思うこともある」

「いや、そんなこと考えたことない。どうでもいいんだよ、そんなの。まあ、なるようにしかならないからさ」

武谷には、この頃すでにどこか投げやりなところがあった。

喫茶「まがり角」

一九七〇年の夏の終わり、池上線の千鳥町という駅からほど近い喫茶店、「まがり角」のドアを開けて入っていくと、入り口のすぐ先にある席に座っていた武谷とバッタリと鉢合わせすることになった。

その喫茶店は俺のお気に入りだった。

「マルは、喫茶店マニアだからな」と友人たちは言っていた。確かに俺は、いつも、喫茶店と喫茶店を梯子《はしご》するような生活をしていた。一つは、渋谷道玄坂にある「ライオン」。ここには、毎日通っていた。新宿の区役所通りにあった「スカラ座」もお気に入りだった。そして、都心へ向かう前にはまず、実家に近いこの「まがり角」に立ち寄り、帰宅途中にもまっすぐ家に帰れずに「まがり角」に引っ掛かる。

俺は、時々その喫茶店を手伝っていた美しい女性に会うことができるのが楽しみだった。年齢は俺よりも五歳ほどは上だろう。

彼女はよく笑う、色白でグラマーな女性だった。左の口元のホクロが、少しばかり淫靡《いんび》な印象を与えており、それが彼女の魅力を一層際立たせていた。笑うと淫靡な雰囲気は消え、清楚な少女の顔になるのだ。そして、彼女に引き寄せられるようにして迷い込んだ場違いの客が俺だった。

常連客たちは、ジャスミンと呼んでいたが、茉莉花《まりか》というのが本名である。ジャスミンはいつも黒縁のメガネをかけ、白いブラウスを着ていた。

いつも濡れたような黒髪をお団子に纏《まと》めて、朱塗《しゅぬ》りの箸をかんざしのように挿している。

俺はそのアンバランスな出《い》で立《た》ちが、かえって彼女のセンスの良さを表しているように思えた。

俺はいつも、ジャスミンをチラ見しながら、あの白いブラウスの下にどんなに甘美なものが隠されているのかと想像した。純情と欲望が俺の中で渦を巻くように葛藤していた。

喫茶「まがり角」のドアを開けるとき、俺はいつでもまっさきにジャスミンの姿を目で探した。ジャスミンが店に出ていないときは、がっかりした。そんなときはすぐにでも帰りたかったが、彼女目当てで来ていることを悟られないように小一時間かそこら、その場にとどまり何もなかったように店を出た。

何回か通っているうちに、ジャスミンはその喫茶店のマスターの妹で、美容師の勉強の傍ら、ときどき店を手伝いに来ていることがわかった。俺は、白い肌と、大きな胸、濡れたような瞳を持つジャスミンだけが目当てで、毎日のようにその喫茶店「まがり角」に通っていたのだった。何のことはない。俺は毎日「ライオン」に出勤し、行き帰りには「まがり角」でひっかかる腑抜けた生活に埋没していた。

喫茶店の入り口近くにあるテーブルが俺の場所だった。いつも、その席に座って、本を読む。いや、本を読んでいるふりをしていた。

時折、刺すような視線を感じることがあった。

ジャスミンが俺を見ている。

実際のところどうだったのかは、よくわからない。しかし、俺はいつもジャスミンの視線を感じながら本を読むふりをしていたのである。

そして、その思いは、妄想に発展して、止まるところを知らなかった。

「マルちゃん、こんど一緒に絵を観に行かない？」

そう呟きながら、俺の目を見て顔を近づけてくるのを想像するところまでいくと、いつも彼女の兄の鋭い視線がこの想像に待ったをかけてくる。

あのマスターさえいなければ、俺はジャスミンをデートに誘うことができるのに。いや、この頃の俺にはそんな度胸も、才覚もなかった。ただ、彼女の醸し出す雰囲気の中に浸っていることだけが、俺にできることだった。

人の好さそうな印象だが、見方によってはヤクザっぽい小太りのマスターはいつも黒シャツの上に赤いタータン・チェックのベストを着てコーヒーを淹《い》れていた。「まがり角」は、昼間はコーヒー屋だが、夜になると、何をしているのか得体《えたい》の知れない男たちが集まってくるバーに変貌した。

腕まくりしたマスターの太い腕には蛇がダルマを抱いているような刺青のようなものがのぞいて見えることがあった。いや、あれは傷か火傷《やけど》の痕《あと》だったのかもしれない。マスターにも、昼の顔と夜の顔を持つどこか得体の知れないところがあった。

カウンターと四人掛けのテーブル席が二つという小さな店であり、昼間はいつもほとんど客を見かけなかった。時折、買い物帰りの主婦や、近所の商店街の人が小休止といった感じで立ち寄る程度である。ときおり、俺が夜まで居座っているときなどは、常連客らしい男たちがカウンターに座ってテレビを見たり、競馬の話をしていた。

この常連客たちは、俺が知っている工場の労働者や、商店街の人たちではなかった。というのは、他の場所で一度も彼らをみかけたことはなかったからだ。彼らは、夜の決まった時間だけ、この喫茶店に現れ、カウンターに座った。そういう決まりになっていたわけではないが、俺も、飲めないウイスキーを注文した。そしてテーブル席から彼らの怪しげな会話を盗み聞いていた。

どうやら、この店は競馬のノミ屋も兼ねていたようであった。客の目を気にしながら精算をしている現場を目にすることもあった。そんなときは、見てはいけないものを見ているような気持ちになった。

「まがり角」のオーナーは店で競馬のノミ屋もやっていたが、客から金を集めて、実際には馬券を買わずに、客に配当を渡していた。ほとんどの場合、配当はわずかであり馬券代のほうが大きかったのでいい稼ぎになっていたのである。

通常は、大穴馬券の申し込みがあったときは、保険のために協力者に連絡して実際の馬券を買っておくのだが、このときは協力者と連絡が取れず、そういうリスクヘッジをしないままになっていた。そして本命馬と有力馬がレース中に触れあってもつれ、ゴール前で両馬ともに失速してしまい、後方を走っていた当て馬が一着でゴールポストを駆け抜けてしまうという珍事が起きた。とんでもない大穴が出てしまったのである。

負け犬だって何かの拍子で勝つことがある。しかし、それはあってはならないことなのだ。

その馬券をマスターから買っていたのが、大井町のその筋の男であった。ひょっとすると、このレースには何か仕掛けられていたのかもしれない。というのも、俺の遠い親戚にあたるヤクザものの男が、中央競馬の八百長事件に絡《から》んで、指名手配されたことがあったからである。裏街道では、何でも起こりうるのだ。

「まがり角」は、昼間は普通の喫茶店だが、夜はまったく違う場所に変貌した。その場所は、裏街道に通じていた。ここをまがって行けば別の世界があった。

「まがり角」は俺のような予備校生が通うような喫茶店ではなかったのかもしれない。

この場所で、俺の実家の二階に集まる友人たちと出会うことはほとんどなかった。

ある午前、いつものように「まがり角」のドアを開けると、武谷が先客として居座っていた。武谷がひとりで「まがり角」にいること自体、意外だった。この日たまたま「まがり角」に立ち寄ったのか、それともすでに何度か通っていたのかはよくわからない。

彼は、入り口の直ぐ近くの四人掛けのテーブル席に座って本を読んでいた。俺に気付くと本を閉じて、両手で顔を拭《ぬぐ》うようにひとなでして、天を仰ぐような不思議な格好で瞑《めい》目《もく》した。

なんだか、ボーッとした感じで、しばらくそのままの格好で固まっていた。この頃には、俺と武谷の親密さはかなり濃くなっていた。俺は武谷を呼び捨てるようになっていたし、武谷も俺をマルと呼んだ。

「おう、武谷、なんでこんなところにいるんだよ」と声をかけると、夢から覚めたようにこちらを向き、「ああ」と声を出した。答えになっていない。

俺は、武谷の向かいに座って、武谷の顔を覗き込んだ。

「何やってんだよ、こんな朝っぱらから」

「べつに……」

「べつにって、今閉じた本……」

「ああ、これか」

「お前、本なんて読むんだ」

「いや、本は読まない」

「でも、読んでいたじゃないか。それって面白いの」

「面白くはないよ」

「面白くない？　じゃあ、なんで読んでいるのさ」

「面白くはないが、すごいことが書いてある」

そう言って彼は、俺に読みさしの本を渡した。

すでに何度も読んできたことが、表紙の汚れからすぐに了解された。

俺は、本を開き、ぱらぱらと中身を確かめた。そこには、フランスの画家が、日本人をモデルにして絵を描いた顚末が記されていた。

武谷は俺が、何を言うのかを待っているようだったが、俺は黙ったまま本のページをめくり、また最初のページに戻ったりしながら、そこに書かれている文字を追った。

しばらく沈黙が続いたのち、彼は唐突にこう呟いた。

「なあ、マル。おれ、絵描きになるよ」

俺には、その言い方が「わだばゴッホになる」と叫んだ東北の異能の画家、棟方志功《むなかたしこう》を連想させ、思わず吹き出してしまった。

何言ってやがるんだ、こいつは。

彼はうつむいたまま、決意したように、「おれは、今日から絵描きになる」ともう一度呟いた。何かが始まりそうな奇妙な予感がした。喫茶店の大きな窓から、千鳥町駅のホームが見える。ホームの上空には真っ青な空が広がり、入道雲が立ち上っていた。夏ももうすぐ終わりだ。

武谷と「まがり角」で会った数日後、俺は武谷が読んでいた本を手に入れるために神田に出向いた。まだまだ残暑が厳しく、古本屋を巡っているうちに、ワイシャツが汗で濡れて、肌にまとわり付いてくる。五軒目の、美術書を扱う店で、やっとその本を見つけた。本を買うと、そのまま路地裏の「ミロンガ[14]」という喫茶店に入り、奥の席に座って読み始めた。店内にはアルゼンチン・タンゴが流れていた。バンドネオンの音と哀愁を帯びたタンゴのリズムが俺を、異国の世界へ誘っているようだった。その本には、不思議なことが書かれていた。そこには芸術家というものの執念が息苦しいほどの筆致《ひっち》で綴られていた。俺は、コーヒーを飲むのも忘れて、本に没頭した。よくは理解できないところもあったが、この本には何か、とてつもないことが書かれていることだけはわかった。

この本を書いたのは画家のモデルをつとめた日本人の哲学者、矢内原伊作《やないはらいさく》である。矢内原はフランスに留学中、画家のアルベルト・ジャコメッティに請われて肖像画のモデルを引き受ける。一九五六年のことである。帰国の予定が迫っていたが、数日、帰国を延ばせば、この世界的に高名な画家のモデルという光栄に浴することができる。

矢内原は、当初はそんな気軽な気持ちで引き受けたのだ。それから彼は毎日のようにジャコメッティのアトリエでモデルを続けた。ジャコメッティは、完成したかと思うと、すべて消して、また一から始めるということを繰り返した。

何度も何度も描いては消し、消しては描くという作業が続いた。絵はいつまで経っても完成せず、矢内原は幾度も帰国を延ばさなくてはならなかった。ようやく絵が一段落したのは、最初にポーズをとってから、二〇〇日が経過した後であった。

しかし、これで終わりにはならなかった。

日本に帰って数日すると、もう一度パリに来てくれという連絡がジャコメッティから入る。矢内原は、再び海を渡った。彼のアトリエでポーズをとり続ける日々になかなか終わりは来ない。この創作の日々が終わるまでに、矢内原は何度も海を渡り、ポーズを取った。気がつけば、実に五年の歳月が経過していた。それはまさに、一人の芸術家の、作品との息が詰まるような格闘を綴ったドキュメントであった。

矢内原の真摯《しんし》な筆致には、日常に埋没し、逼塞《ひっそく》している俺たちのような読者を、ぎりぎりと追い込んでいく異様な迫力があった。

本のなかには、アネットというジャコメッティの妻も登場する。ジャコメッティよりも、二二歳年下の美しい女性である。スイス出身でパリでモデルをしており、自由を絵に描いたようなアネットが、矢内原をベッドに誘う場面がある。俺は、意外な展開に胸が苦しくなった。武谷はこの場面をどう読んだのだろう。

この本は、一九六九年に出版され、毎日出版文化賞を受賞している。この時代、文明の中心がアメリカだったとすれば、文化の中心は何といってもフランスだった。図書館で、俺が受験勉強そっちのけで読みふけった本は、サルトルであり、カミュであり、ジュネの著作だった。ジャコメッティは彼らとも深い親交があった。パリのカフェで、毎日新聞を読みながら、友人たちと談笑しているジャコメッティの姿が、この本にも描かれている。

いつものように、ジャコメッティが新聞を広げ、時折ナプキンに何か絵を描きつけていると、そこに才槌頭《さいづちあたま》のジャン・ジュネがやってくる。近くの席にはジャン＝ポール・サルトルが、ボーボワールと議論をしている。同じ時代、同じ時間、誰がどこに居たのか。それは、案外重要なことなのかもしれない。

武谷の武勇伝

喫茶店「まがり角」での画家宣言以来、武谷はアジトにも、図書館にも顔を出すことがなくなった。それまでは、三日に一度はアジトに遊びに来ていたのに。

俺を武谷に引き合わせた越谷に聞いても、武谷とは会っていないと言う。

「おれ、絵描きになるよ」

武谷はそう言っていた。だから、絵の修業のための準備を始めたのだと俺は思っていた。あるいは、知人を頼って画家に弟子入りしたのか、はっきりしたことはわからないままであった。

ひと月ほどたったある日、武谷がひょっこりと俺の二階のアジトを訪ねて来た。

俺は彼の顔を見て、ほとんど声をあげそうになった。

右側の眼窩《がんか》の周辺が殴られたように腫れあがっており、ところどころどす黒く変色し、その外側は色褪《あ》せて黄色みを帯びていた。それ以上に驚いたのは、これまで見知っていた武谷の風貌とはまったく違う、虚《うつ》ろさがその表情に浮かび上がっていたからだ。一気に一〇年ほど老けたというか、疲労と虚無が顔全体を覆っていた。その瞳は何か深淵を覗いているようでもあり、同時に風が通り過ぎるただの空洞のようでもあった。

「どうしたんだよ、その顔」

俺は平静を装って尋ねた。

「殴られた」

「喧嘩でもしたのか」

「いや、そうじゃなくて……」

「誰にやられたんだ」

彼は、すこし口籠もりながら、

「よく知らない男なんだけど……」と呟いた。

「喧嘩じゃなくて、どうしてよく知らない男に殴られなくちゃいけないいんだよ」

返事はなかった。

武谷は、何か隠しているようだった。

しばらくの沈黙の後、唐突に妙なことを言い出した。

「なあ、マル。わるいけど三万円ほど貸してくれないか」

「えっ。なんだよ、いきなり。なんで金が必要なんだよ」

「まあ、いいじゃないか。担保はおれが持っている小林秀雄の全集でどうだ。今持ってくるんで、少し待っていてくれよ」

ここで、小林秀雄の名前が出てくるとは思わなかった。小林秀雄は、神田遼一がのめり込むように読んでいた作家である。俺は小林秀雄という作家を敬遠していたが、武谷もこの批評家に傾倒していたのだろうか。

彼は急くようにして俺の部屋を出て、外階段を降りていった。

しばらく待っていると、大きな段ボール箱を抱えて俺の部屋に戻ってきた。どうやってここまで運んだのだろうかと思うほど大きな段ボール箱を開けると、中から新潮社の小林秀雄全集を取り出し、俺の目の前に積み上げたのだった。

あのときの三万円を何に使ったのか、いまだによくわからない。遊ぶ金だったのか、借金の返済に使ったのか。当時の俺にとっては、大金だったが、小林秀雄全集を揃えるとなれば、その何倍もの金が必要になる。

武谷のことが引っかかってはいたが、その日以後も、俺は「ライオン」と、近所の図書館、そして「まがり角」を往復する日々を送っていた。他に客がいないときは、ジャスミンの方から声をかけてくれることもあった。

「マルちゃんはいつも何か読んでいるけど、どんな本が好きなの」

俺は嬉しくなって、自分が読んでいる本について説明した。ジャスミンはフランス人の著者の名前を聞いて、少し目を輝かせたように見えた。彼女も、ジュネを読んでいるのかと俺は嬉しくなった。俺は話のついでという感じで、思い切って武谷の話を切り出した。

「ひと月ほど前に、ここで本を読んでいた武谷って奴のこと覚えているかな」

ジャスミンはしばらく考えている様子だったが、そう言えばという顔で首を縦に振った。

「あいつね、画家になるとかなんだとか言っていたけど、全然絵なんか描いていなくてさ」

俺は武谷から聞いた喧嘩の話や裏街道の武勇伝のあれこれを彼女に伝えた。

彼は、足繁く川崎堀之内《ほりのうち》のソープ街や、かつての大井三業地《さんぎょうち》にある風俗店に出入りしていたようである。三業地とはいっても、それはかつての話で、現在は連れ込みホテルが数軒あるだけの末枯《うらが》れた一角である。彼は、かつての三業地に新しく建てられたマンションの一室を利用した風俗店で、住み込みで働くようになったらしい。

そして、何週間か経過した後に、その店で働く女性との仲を、その情夫に疑われて、袋叩きにあったと言う。

ジャスミンは、初めはふんふんと、俺の話を興味なさそうに聞いていた。

「顔を殴られた日に、俺のところに泣きついてきたんだよ。まったく、馬鹿野郎だな、あいつは」と俺が言うと、ジャスミンは意外なことを口にした。

「へえ、あの人、そんなこと言ってるのね」

俺は、ジャスミンが武谷のことを、「あの人」なんて言い方をしたことに驚いた。一度しか会っていない人間を「あの人」などと言わない。

「武谷のこと知っていたの」という俺の質問に、ジャスミンは答えをはぐらかした。武谷は俺がいないときに、「まがり角」に来ていたのかもしれないと俺は思った。俺が武谷と出くわさなかったのは、武谷は夜のバーの時間にこの店に来ていたということだろう。

ジャスミンは何か考えている様子だったが、俺が飲み干したコーヒーカップを持って、何も言わず店の奥に引っ込んでいった。

入れ替えのコーヒーを持ってきてくれたとき、ジャスミンは俺の向かいに座り、あらたまった顔でこう言った。

「武谷くんの話、マルちゃんは信じてるの」

ジャスミンは俺の顔を覗き込むような感じで返事を待っているようだったが、俺は何も言い返すことはできなかった。

「そんな話、嘘に決まっているわよ」と断言するように言うジャスミンを見て、俺はちょっと救われたような気持ちになった。そうだよな、あんな話、嘘に決まっている。いや、でも顔の傷は実際についていたのだから、何かがあったことだけは確かなのだ。

「何か知っているの」と俺が問い返すと、ジャスミンは、ようやく「本当のこと」について俺に語り始めたのである。

「実はね、大井の店っていうのは、兄の知人がやっている店なの」

ジャスミンが言うには、武谷が住み込んだ大井の風俗店のオーナーは、喫茶「まがり角」のマスターのギャンブル仲間だということであった。

「武谷くんは、あれから何度も、この店に来ていたのよ。夜にね。そしていつも一人で、ウイスキーをストレートで飲んで。『お兄ちゃん、酒強いねぇ』なんてからかわれていたわ。武谷くん、家出はしたけれど、行くところがなくなり、食い詰めてしまったのね。兄が心配して、当座の生活費ということで少しお金を用立ててみたいなの。結局、兄の仲間がやっている風俗店が、住み込みで彼を雇ったの。言いにくいんだけど、わたしも、ときどきその店に出ていたの」

俺はジャスミンの話に仰天した。まさか、ジャスミンが風俗店で働いていたなんて、まったく想像もしていないことだったからだ。ジャスミンの兄は、競馬で大穴が出たとき、この店のオーナーに、かなりの額の借金を作ってしまった。その借金返済に、少しでも役に立てればと、ジャスミンが風俗嬢としてこの店に出ていたのかもしれない。いや、それは俺の想像に過ぎない。もともと、ジャスミンも、その兄も、俺たちとは違う世界の住人だったのかもしれない。

ある日、店の近くの屋台で、武谷が酔っ払って、ジャスミンに凭《もた》れかかっていた姿を、風俗店のオーナーに借金を返しにやってきた「まがり角」のマスターが見咎めた。

「お前、こんなところで何やってんだ」兄貴が怒気を孕《はら》んだ声を出した。

「店の女に手え出しやがって」

「手を出すなんてことはしていません」

「じゃ、何やってんだよ、こんなところでいちゃつきやがって」

武谷は頭に血が上ってしまい、大きな声を出してしまった。

「みんなお前のせいじゃないか」

酔った武谷が叫ぶと、マスターの方も逆上して、武谷になぐりかかろうとした。

武谷はタックルしようと突進したが、マスターは武谷の顔面を蹴り上げ、そのまま髪の毛を摑んで頭を引き下ろし、顔面に膝を叩き込んだ。

うずくまる武谷にマスターが捨て台詞を吐く。

「知ったふうなこと言うんじゃねぇよ。稼ぎもねぇのに。偉そうなことは、貸した金を返してからにしろや、このアホが」

そのときは、もう、武谷は絶望的な気持ちになっていて前後の見境がつかない状態だった。

武谷は、マスターに借りていた金を叩きつけたかったのだが、悲しいかな一文無しであった。

そして武谷は傷だらけの顔で俺の家にやってきて、金を貸してくれと言ったのである。

翌日、その三万円と母親に無心して手に入れた七万円を持ってマスターに会いに行き、マスターに叩きつけるように返して店を辞めた。

これが、ジャスミンが俺に語ったことである。本当なのか、嘘が混じっているのか、よくはわからない。

ジャスミンは、「困ったひとよね」と悲しそうな顔をした。

この時点で、俺はかなり動揺していた。まさか、武谷が迷い込んだ風俗店と、この「まがり角」が繋がっているなどとは、想像すらしていないことだったからだ。

それから、すっきりとしない、どんよりとした気持ちの日々が続いた。武谷は、どこで何をしているんだろうかとは思ったが、俺には彼を捜し出す手がかりがなかった。ひょっとしたら、武谷はジャスミンのところにいるんじゃないかと思ったが、俺はすぐにその考えを打ち消した。もし、彼を捜し出したとしても、彼に何を言えば良いのか。

この時代、自分の人生を変えるためなのか、それとも切羽詰《せっぱ》まってということなのかは分からなかったが、友人たちの間から姿を消すということはさほど珍しいことではなかった。大概は、地方の実家に戻っていたり、どこかの町工場に住み込みで働いていたりしていたことが判明するのだが、稀《まれ》には修行と称して山籠りしたり、妙な宗教コミュニティに潜り込んだりするものもいた。俺は、武谷の消息についてまだそれほど深刻には考えていなかった。

俺のほうも、いつまでも遊んでばかりいるわけにはいかなかった。俺は嫌々ではあったが図書館での受験勉強を再開した。ひと月が経過し、秋の風が吹き始めた頃、予備校で武谷を俺に紹介してくれた越谷が図書館にやってきた。越谷は、やっと俺に会えたという顔で、俺にこう告げた。

「武谷の消息がわかった。体調を崩して入院しているらしい」

死因

短い秋が終わって、町に冬の気配が漂い始めた頃。

俺は、武谷が死んだことを知った。

武谷の死を俺に知らせてくれたのは、意外にも俺の母親だった。

武谷の母親と俺の母親は、何度か久が原の文化サークルのようなところで顔を合わせていたようで、何かの会合のときに、何も事情を知らない俺の母親が「そういえば最近遊びに来ないけれどお元気なのかしら」と訊いたらしい。俺は、毎日コマネズミのように工場で働き、町内会の世話をしていた母親が、文化サークルみたいなところに出入りしていたことに驚いた。

「久ヶ原倶楽部で武谷くんのお母さんに会ったんだよ」

「あ、そうなの」と俺は気のない返事をしたのだが、続く言葉に耳を疑った。

「なんでも、病気で亡くなったみたいだよ」

それはあまりに、唐突な出来事だった。

俺は武谷の死を知らされて、すぐに武谷の実家の門を敲《たた》いた。

武谷の母親は俺の訪問に驚いた様子だったが、応接間に上げてくれて、武谷について知っていることをぽつりぽつりと話してくれた。九月の終わりに、急に画家になると言い出したこと。「馬鹿なことを言ってるんじゃない」と父親が激怒したこと。そして「黙っていないで何か言ったらどうだ」と父親が強い口調で詰問すると、何も言わぬまま家を出てしまったことなど。

「一度だけ、顔を傷だらけにして、戻ったことがあったんだけど、すぐに出ていってしまって、それっきり帰ってこなかったのよ」

武谷の母親は、さらに念を押すようにこう言った。

「マルさんのところにいたんじゃなかったのね」

彼の母親は、実際のところ、何が起きていたのかについてはよくわかっていないようだったので、俺もそのことは言わなかった。

もともと武谷は家族と親しく話をすることはなかったし、武谷が画家宣言をして家を出てからは、ほとんど家には帰っていない。二ヶ月ほど経ってから、身体の具合が悪くなったと言って、泣く泣く家に戻ってきてからは、毎日部屋に閉じこもり、寝てばかりいたそうである。そのうち、奇妙な咳が出だし、止まらなくなった。病院に連れて行くと精神科に回された。そのうち、食事を拒否するようになり、見る見る痩せ衰えていってしまった。

武谷の母親は、武谷の直接の死因については語ろうとしなかった。何か重篤な病気に罹《かか》っていたのか、それとも精神に異常をきたした末の衰弱死だったのか、はっきりしたことは分からずじまいであった。

ひょっとすると、武谷は自ら死を選んだのかもしれないと俺は思った。俺はほとんどそれを確信したが、彼の母親がそんなことを認めるわけはなかった。

上流の家庭で生まれ育ち、将来を期待されていた男が、一冊の本との出会いがきっかけになって、生き方を変えようとした。しかし、その唐突な決断は、結局のところ彼の人生を狂わせることになった。彼がまがり角をまがって進もうとしていた道の先には、彼が経験もしていなければ、考えてもいないような誘惑と、蠱惑《こわく》的な光景が待ち構えていた。

彼はほとんど無防備なままで、その世界に足を踏み入れてしまったのだ。日常の生活も、将来の夢もなにもかもが、彼が当初思い描いていたものとはちぐはぐなものになっていった。その不安から逃れるために、酒浸りになり、夜の悪所通いが続いた。そうしているうちに、すこしずつ体調がおかしくなっていった。そういうことなのだろうか。

「うちの画家さんは、いちまいも絵を描かずに逝ってしまったのよ」と、母親が悲しそうな顔で言った。

「いちまいの絵も描かない画家」。この言葉が俺の身体の中に残った。

武谷の記憶は、ジャスミンと結びついている。武谷は俺の親友だったとは言い難いところがある。確かに、いっとき、濃密な行き来があった。しかし、内村透や、神田遼一のように、何でも話せる気のおけない友人というわけではなかった。それでも、武谷のことが俺の記憶の中に強く残り続けているのは、ジャスミンという存在があったからである。ジャスミンは、俺が女性を性の対象として強く意識した最初の女性だった。

ほとんど付き合いもなく、彼女のことをよく知っているわけではないが、俺が強くジャスミンを欲望していたのは確かである。武谷がジャスミンと付き合っていたのかどうかよくわからない。だが、俺は武谷に激しく嫉妬していた。武谷は俺よりひと足早く、愛欲の世界に踏み込んだのは確かだった。俺はこのときは、その境界を飛び越える術《すべ》を知らなかった。いや、単純に、度胸がなかったと言ったほうが良いかもしれない。

俺が武谷の一件で振り回されていた頃、一年前に通っていた予備校に隣接する自衛隊市ヶ谷駐屯地で、作家の三島由紀夫が自殺するという事件があった。以前より準備した上での周到な死だった。だが、それはプランBであり、プランAはあくまでもクーデターだった。本当のところはわからない。三島は最初から自分の死に場所を探していたとも解釈できるからである。

三島とその私兵である楯《たて》の会の若者たちは、この日クーデターを起こそうと、武装して市ヶ谷に向かった。総監を訪問し、そのまま総監を人質として拘束した。その後、本館のバルコニーに立ち、自衛隊員に決起を呼びかけるが、その声は自衛隊員の怒声と上空を舞うヘリコプターの音にかき消されてよく聞き取れなかった。自衛隊員の誰ひとり決起に応じない様子を見届けた後、三島はクーデターを断念し、総監室に戻ると日本刀を抜き、割腹自決を遂げた。三島の介錯をした楯の会の森田必勝《まさかつ》も割腹自殺し、もう一人の会員である古賀浩靖が森田の首を刎《は》ねた。現場には、三島と楯の会のメンバーらによる辞世の句の短冊が六枚残されていた。

新聞各社はすぐに号外を発行して、三島の死を伝えた。

俺はこのニュースを知り、何か途轍《とてつ》もないことが起きそうな予感に震えた。三島を介錯した森田も、森田を介錯した古賀も、俺とさほど年の離れていない若者だった。三島の自決よりも、そのことの方が俺にとっては大きな衝撃だった。

一体これから何が起きるのだろう。

三島の思想がどういうものなのか、俺にはよく分からなかったが、彼が行動する作家であるということだけは分かった。武谷は描かない絵描きだった。俺の手元には、武谷に貸した金の担保だった小林秀雄全集だけが残った。武谷は何も成し遂げることなく死んでしまった。俺もまた、なにものかになろうとしてもがいてはいたが、なにも成し得ていない、なにものでもない浪人生だった。

13 及川裸観《おいかわらかん》　以下はネットから拾った略歴。
一九〇一年、岩手県前沢町に生まれる。二〇歳過ぎから「裸修行」を行い健康体となり、「健康は裸運動と笑いが大切」との信念で全国行脚しながら、健康普及活動に尽力した。日本各地を、裸で修行をする姿が有名になり、鉄道は顔パスだった。東京・西日暮里で「ニコニコ道場」を開設。一九八八年一一月二二日、八六歳で死去。

14 神田神保町の路地裏にあったアルゼンチン・タンゴが響く名物喫茶店。現在は「ミロンガ・ヌオーバ」として近隣に移転している。旧ミロンガの斜め向かいには、詩人たちがよく通った喫茶「ラドリオ」があった。筆者は、渋谷「ライオン」と神田「ミロンガ」のどちらかに、ほぼ毎日通っていたことがあった。

二〇一〇——帰還と再会

似非《えせ》ビジネスマン

俺が大学に入学した年、大阪では万国博覧会が開催された。世界七七ヶ国が参加し、六千四百万人が入場した。画家で彫刻家の岡本太郎は、万博広場に「太陽の塔」を作った。万博の標語《テーマ》は、「人類の進歩と調和」である。希望に満ちた美しい言葉は、それだけで誰かを傷つける。世界が明るければ明るいほど、俺は暗い顔になっていった。

翌年の春、俺は帰還する敗残兵のような気持ちで、再び高田馬場の大学に戻った。しかし、負け犬の俺には入れてもらえるクラスがなかった。理工学部では入学時にクラス分けがなされ、各授業はクラス単位で振り分けられている。クラスに属することのできない俺は、単位取得に必要な授業の行われている教室に出向き、学籍簿の最後に名前を付け加えてもらうことになった。当然のように、仲間の群れからはぐれて放浪することになった。

早稲田大学理工学部機械工学科には、俺と同じようなはぐれ鳥が三人いた。ひとりは、色黒の自称イスラム教徒で、西の方角に向かって正座し、お祈りをしている姿を見たが、この男はかなり奇妙なやつで、自分のつきあっている女を裸にして縛っている写真を見せ歩くような変態だった。もうひとりは、ものすごく寡黙な色白の男で、誰かと口を利《き》いているのを見たことがない。一度、かれを誘って後楽園にボクシングを観に行ったことがあった。帰り道、「シュッ、シュッ」と声を上げながら、シャドーボクシングをする彼の姿を見て俺は驚いてしまった。かれは、俺には想像できないような屈託を抱え込んで、辛い日々を送っているのかもしれないと、俺は思った。不思議なもので、俺たち三人は、はぐれ鳥仲間として、お互いに情報を交換し、助け合うようになっていった。

二年間の教養課程を修了して、俺はなんとか研究室に配属になったのだが、研究室の同窓生たちは概《おおむ》ね、一浪一留の俺よりも二歳ほど年下である。理工学部の学生は、高等学院から上がってきた現役組がほとんどだったからである。

なぜ理工学部なんかに入ってしまったのか。心のどこかに、工場を継いでほしいと願っている父親に対する忖度《そんたく》があったのかもしれない。父親は、そんなことは一言も言わなかったが。

大学に戻ってみると、キャンパスは騒然としていた。内ゲバで、学生の一人が死亡するという事件があったからである。そこに学費値上げ反対運動が起き、全共闘の学生は、バリケードに立てこもって大学当局を糾弾した。学生運動の主導権は、革マル派と民青が握っていた。本館のあるキャンパスから離れたところに在った理工学部キャンパスは党派の真空地帯となり、革マル派以外のセクト学生と、無党派の全共闘学生の溜まり場になった。最初、俺は彼らを遠巻きに観察していた。ただ、一人の学生が死亡しているのに、平然と授業が行われていることには、強烈な違和感を覚えていた。

俺は、一人で授業中の教室に乗り込み、「現在の異常な状況のもとで、君たちはなんで平然と授業を受けていられるんだ。問題を明らかにし、俺たちに何ができるのか、この場を、討論の場にしよう」と叫んだ。

担当の教授が、「彼はこんなことを言っていますが、授業を続けるか、それとも討論会に切り替えるのか、多数決で決めたいと思う」と言い出した。一般教養のドイツ語の授業を受け持つ教授は、ラジオのテレフォン人生相談で人気の名物教授だった。

「何が多数決だよ。ふざけるな!」と叫ぶと、教室の学生たちは一斉に「帰れ! 帰れ!」と合唱し始めた。

多数決をとる必要もなかった。彼らにとって、俺はただの迷惑な闖入者《ちんにゅうしゃ》であり暴力学生でしかなかった。

俺は、「何だよ、この腰抜けが!」と叫んで、教室から退散した。

俺は、一人でアジビラを作り、毎日のように校庭に立って演説をした。ほとんどスタンドプレイというようなものだったが、誰も俺に関心を示すことはなかった。どうしてそんなことをしたのか、よくわからない。何かしなくてはいけないという思いと、全共闘の連中とつるんで何かをすることへの違和感があった。

いつものようにみかん箱の上に立って、聴衆のいないアジ演説をしていると、はぐれ鳥仲間の二人が俺の前に現れ、興味深そうに話を聞いてくれた。俺は、二人を学食にさそって、コーヒーを飲みながら、一緒にデモに参加してみないかと言った。清水谷《しみずだに》公園から出発する10・21国際反戦デーのデモである。早稲田大学では、文学部を中心に、革マル派がヘゲモニーを握っていた。キャンパスが離れていたため、理工学部は、唯一、革マル派の目の届かない真空地帯になっていた。全共闘と歩調を共にする行動委員会が発足したが、俺たちは理工学部行動委員会の中心的なメンバーには加わらず、はぐれ鳥三人組で、全共闘のデモに参加していた。

激しさを増す運動に対抗して、大学側は、全学ロックアウトに出てキャンパスから学生を締め出した。授業が行われないという日々が続いた。俺たち三人は、三里塚の成田空港反対闘争、大学の学費値上げ反対闘争、そして、政治的なスケジュール闘争の隊列に加わった。だが、次第に、頻発する内ゲバの横行に嫌気がさし、俺の足は再びキャンパスから遠のいていった。

その夏、俺は高校生のときにお世話になった長野県の学生村で過ごすことにした。学生村に行って何かを清算しようとしたのかもしれない。

俺が高校に通っていた頃、暑い都会を離れ、涼しい長野県の民宿には一日九〇〇円ほどの安価で泊まれる「学生村」という制度があった。そこには受験を控えた高校生だけではなく、学生運動に疲れて山にやってきたという女子大生や、博士論文を書いている一橋大学の大学院生もいた。女子大生はT女子大の活動家だったが、日々の闘争に疲れ果てて、学生村に息抜きに来ていた。

有名女子大に通う二人は、いかにも育ちの良さそうな雰囲気で品があり、こんな人たちが学生運動をしているのかと不思議な気持ちになったが、いざ、政治の話になると、急に高圧的に俺たち高校生に説教を垂れるのだった。自分より年上の大学生たちと、政治や社会、文学の話で夜を徹して討論する時間は刺激的であり、俺は受験勉強そっちのけで、彼らとの会話の中に入り込んだ。俺にとって、乗鞍岳《のりくらだけ》の麓《ふもと》、とうもろこし畑が広がる村に立つ民宿での一夏は忘れることのできないものになった。

俺は、三年ぶりに訪れたこの学生村で大学受験のためではない、自分のための勉強をするつもりであった。何冊もの本を抱えて民宿に到着すると、俺を待ち構えていたのは、受験生ではなく、詩を書いているという一歳年長の慶応の学生だった。彼は中核派のシンパらしかった。

俺はすぐに彼と意気投合し、一緒に山谷を歩き回り、深夜まで政治や文学の話をした。

彼は俺に一冊の同人誌を渡してくれた。表紙には「レオナルドの靴下どめ　創刊号」と印刷されてあった。俺はまず、そのタイトルに惹き込まれた。雑誌には何人かの同人に混じって彼の詩が四篇ほど掲載されていた。

「夜の郊外電車」という作品では、ジュンちゃんとユミちゃんというふたりの幼い子どもの、夜の列車内での出来事が描写されている。不安を抱えながらも、夜の郊外電車の座席に仲良く座っている子どもふたり。この詩からだけでは、兄と妹なのか、姉と妹なのかよく分からないが、幼いユミちゃんの言葉は、ユミちゃんがジュミちゃんになり、ジュンちゃんがディユンちゃんになってしまう。この詩はこんなふうに終わる。

ジュミちゃん　ねむる
ディユンちゃんのポッケのなかで
みぎてをちいさくにぎつたまんま
（井上春樹「夜の郊外電車」より）

なんだ、この詩は。ふたりの幼い子どもの声が聞こえてくるようだった。それまで俺は詩といえば教科書に載っていた島崎藤村や三好達治の作品のような詠嘆調で叙情的なものしか知らなかった。自分が知っている伝統的な詩とはまったく違う、自由で現代的な言葉を読んでいるうちに、俺は何か新しい世界に触れたような気持ちになった。そして、自分でも彼の作品のような詩を書いてみたいと思ったのである。

それ以来、毎日机に向かって詩のようなものを書く日々が続いた。東京に戻った後、学生村で知り合った仲間に連絡して何冊かの同人誌を作った。その中の一つに俺はこんな詩を書いた。

窓をお閉め！　九月は欲望が繁るから

悪い兄たちは何処に身を隠していたのか
青く青く青く繁りはじめた言葉の汗
巨《おお》きな樹の影が大地を丸く切り取る昼下がり
素っ裸の子どもたちが
木の影から飛び出してくる
注意して見ればわかることだが
子どもたちの口にはまだ
白い牙が残っている

「悪い兄たちが帰ってきた」と題する詩の冒頭である。肩に力の入った稚拙なものだが、詩を書いているとき、俺は時間を忘れた。

その頃の俺は、渋谷道玄坂《どうげんざか》の百軒店《ひやっけんだな》というところにある名曲喫茶「ライオン」に毎日のように入り浸《びた》るようになっていた。ノートを広げて詩を書いたり、批評文を書いたりする日々が数年間続いた。

後に知ることになるのだが、俺が「ライオン」で鬱々とした日々を送っていた同じとき、隣にあった「ＢＹＧ」（「ビグ」のちには「ビー・ワイ・ジー」。「Ｂ.Ｙ.Ｇ.」とも）というロック喫茶では、ミュージシャンを夢見る若者たちが新しい日本のロックシーンを作り出そうと日々会合を開いていた。同じ百軒店の一角には、「ＢＹＧ」の他にも、「スイング」「ＳＡＶ《サブ》」「音楽館」「ありんこ」「ブラック・ホーク（旧ＤＩＧ）」といったジャズ喫茶やロック喫茶が並んでいた。

後に、「風都市《かぜとし》」という日本では稀有の、ミュージシャンたちによる音楽事務所ができるのだが、その舞台になったのが「ＢＹＧ」であった。そこには、今や日本のロックの重鎮として活躍している鈴木慶一や伊藤銀次も混じっていた。

音楽評論家の北中正和が責任編集をしている『風都市伝説』[15]という本がある。その中で、北中はこう書いている。

銀座や新宿の「ACB《アシベ》」のようにロカビリーの時代からライヴをやっていた店もジャズ喫茶と呼ばれていたが、大部分のジャズ喫茶は豪華なオーディオ・セットでレコードを聴かせる店だった。それはクラシックの名曲喫茶のジャズ版だった。三畳間や四畳半の下宿やアパートが主流だった当時は、自分の部屋で大きな音で音楽を聴くことは難しく、ヘッドフォン・ステレオの類《たぐい》もまだもちろんなかった。

渋谷百軒店の喫茶店に集まっていたのは、ミュージシャンだけではなかった。俺と同じ歳の俳人、今井聖《いまいせい》は自伝的なエッセイ『ライク・ア・ローリングストーン』[16]の中で、こう書いている。

> 読売新聞の俳句欄の選者正木ゆう子さんも通ったと言っていた「ブラック・ホーク」は、今は無くなってしまったが、「BYG」はまだある。Beautiful Young Generation の略。今思うと笑ってしまうが、いかにも当時の命名という感じがある。

「BYG」の向いには、「樽や」というお好み焼き屋があり、よく劇研との共同コンパに使った。

今井の自伝によれば、「樽や」には、かつて國學院大學で教えていた北原白秋がよく通っていたそうである。また、「ライオン」は、非合法時代の共産党の宮本顕治が連絡に使っていた。今井はそれを「樽や」の女将《おかみ》さんから聞いたのだという。

一九七〇年代のはじめ、たくさんのミュージシャン、詩人、俳人、演劇役者を目指す若者が、渋谷道玄坂に集まっていた。当時は、俺はそんなことになっているとは知る由もなかった。

実に、五〇年以上経て、知遇を得ることになった同じ年齢のミュージシャンや俳人と話をしていて、自分たちが二〇歳そこそこのときに、同じ場所に居て、同じような活動をしていたことを知ることになったのである。ある時期、同じ場所で、同じようなことをしていた若者たちがいた。つまりは、同時代性ということなのだが、そのことは、俺が思うより重要なことなのかもしれない。

さて、「ライオン」には、アルバイトの女性が四人ほど交代で働いていた。ほとんど毎日のようにこの店に通っていた俺は、当然のようにその四人の女性と顔見知りになった。その中の一人と親しくなり、二人で晩飯を食べたり、彼女の下宿に遊びに行ったりした。フラッパー風の雰囲気を漂わせた、切れ長の目をしたうりざね顔にショートヘアがよく似合う女性だった。

彼女とは、肉体関係を持つほどの仲にはならなかったが、よく手紙の交換をした。彼女がくれる手紙は、かなり変わっていた。独特の文字と文体で書かれた手紙を読むのが、思いのほか楽しく、俺は手紙をもらうとすぐに返事を書いた。そんなやりとりを何度か続けた。

彼女にはちょっと浮世離れをしたところがあり、現実味が希薄で、芸術至上主義的な価値観を持っていた。「ライオン」に出ているとき以外は、絵のモデルをしたり、テキスタイルを学んだりしているということであった。彼女もまた、なにものかになろうとしている、なにものでもない女性の一人だった。それは俺に、何か同志的な気持ちを起こさせた。ときおり、帰りの時間が重なるときがあったが、そんなときは決まって渋谷の地下街にあった渋谷食堂という大衆食堂で、一緒に簡単な晩飯を食べた。

「ライオン」で働いているときの彼女は、いつも背筋をすっと伸ばした姿勢で注文をとりに来る。見知った俺が相手でも、馴れ馴れしい態度をとることはなかった。いつでも、初見の客に接するように、他人行儀で、丁寧な言葉で注文を聞く。

あるとき、彼女が「お金がなくなっちゃった」とこぼしたことがあった。そんな彼女を見るのはとてもめずらしいことであった。話を聞くと、日本文学全集を通販で買ってしまい、生活費のほとんどが家賃と通販の返済代金で消えてしまうということだった。俺は彼女が不憫《ふびん》に思えて、「そんなときは、うなぎでも食って元気を出そうぜ」と彼女を鰻屋に誘った。俺も金欠だったが、有り金をはたいてふたりでうなぎを食べた。

「おいしい、おいしい」と言って彼女は笑い、俺も笑った。

俺も「うまい、うまい」と言いながらうなぎを頬張った。ふたりとも金は無かったが、この瞬間を忘れまいと思うほどの幸福感に満たされるのを感じていた。

松山善三《まつやまぜんぞう》監督、高峰秀子《たかみねひでこ》主演の『名もなく貧しく美しく』という映画があった。草加の映画館で父親と最初に見た映画である。彼女と冬の道玄坂を肩寄せあって歩き、鰻屋の暖簾《のれん》をくぐる。俺にとっては、美しくはないが、名もなく、貧しい、光り輝く記憶である。

俺は、彼女と付き合うことになるかもしれないと、漠然と思い始めていた。何度か、デートにも誘ったが、ほとんどの場合、急用ができたり、体調を崩したりと、何かの都合で実現しなかった。それでも、彼女と会えるのが楽しみで、「ライオン」に通った。

ある日、彼女からの手紙に、結婚したことが綴られていた。お相手は詩人であった。その詩人の本が同封されており、一読して俺は唸《うな》ってしまった。すごい詩を書く人がいるものだと俺は思った。俺がかなう訳がない。また、負けちまったかと俺は思った。

いつも全力で走っているが、いつも空回りしているような自分に嫌気が差すこともあった。

俺は自分の置かれた状況を一挙に打開するために、アテネ・フランセに通って、フランス語の勉強をすることにした。

なぜ、それが人生を打開することにつながると考えたのか、今思えば不思議な話だが、大学生活に見切りをつけて、フランスに行けば何とかなるんじゃないかと夢のようなことを考えていた。ボードレールや、ランボーを原語で読みたいという気持ちもあった。アテネ・フランセには一年通った。その後、日仏《にちふつ》学院で二年フランス語の勉強をしたが、フランス語のにわか勉強が俺の人生を変えることはなかった。

ところが、ここで不思議なことが起きた。アテネ・フランセの授業が終わり、帰りがけの出口ロビーで、中学生のときに好きだった青山葉子にばったりと出会ってしまったのだ。フランスに行く前に、目の前が一気に開けた気がした。

「おお、こんなところで会えるのかよ」と俺は呟《つぶや》いた。彼女は少しはにかんだような笑顔を浮かべた。

「どこかで、お茶でも飲もうか」

俺は、彼女をニコライ堂の近くにある喫茶店に誘った。最初は、かなりぎこちない会話が続いたが、すぐに打ち解けて懐かしい昔話になった。

「まさか、こんなところで君に会えるなんて思ってもいなかったよ」

「私も。あなたは何で、フランス語やろうと思ったの」

「いや、何か行き詰まっちゃってね。何をやっても上手くいかないんで、フランスに行けば何か変わるのかと思ってさ」とその場凌《しの》ぎのような返答をした。

「私も同じようなものだわ。外国語を習得したって、何とかなるなんて思っていないんだけど、父親が亡くなって、気が抜けたみたいになっちゃった母親を見ているうちに、何か本気で打ち込めるものを探さないと、と思って。結婚して、ただ夫の収入に頼るような生活なんてうんざりでしょ。妹が美大に通っていて、彼女が持っているフランスの画家の絵を観ているうちに、自分もフランスの文化に触れてみたいなと思っちゃったのね。それで、フランス留学のパンフレットが大学にあったので、それに応募してみようかと思ったのよ」

当時、フランスは俺たちにとっては憧れの場所だったのである。永井荷風や坂口安吾の影響もあったのかもしれない。「ライオン」の薄暗いテーブル席で、毎日、シュールレアリスムの作家や、ゴッホやセザンヌの物語を読むうちに、フランスに対する憧れは膨らんでいった。

彼女とはこれ以後、毎週のようにデートを重ねるが、バリケード、アテネ・フランセ、渋谷の喫茶店を渡り歩き、夜な夜な渋谷で飲み歩く俺は、それ以上二人の距離を詰めることができないままであった。

半年ほど経過したとき、思い切って小さな旅行をしてみないかと提案した。一世一代というほどのものでもないが、俺にとっては声が震えるほどの緊張だった。指折り数えていた旅行の日まで、あと三日というところで、彼女から手紙が届いた。手紙には、フランス留学の日取りが決まったと書かれていた。そして、その準備やら何やらで、急に忙しくなってしまったので、一緒に旅行に行くことはできないと書かれていた。

彼女にとって俺は、単なる中学校時代の旧友に過ぎなかった。彼女には、俺が知らないところで、好きな男ができたのかもしれない。時折、大学の先輩がフランス語の個人教授をしてくれると、楽しそうに話すことがあった。彼女はただ、親切な先輩だと言っていたのだが、男の方は彼女に対して特別の感情を抱いていたのではないだろうか。その兆候は、見え隠れしていたのだけれども、俺は見ないようにしていたのである。

俺は頭に血が上り、気がついたら彼女が通っている地方の国立大学までの電車に乗っていた。大学に着くと、彼女が受けている授業を探し出し、教室に入っていった。最初、彼女は「嘘でしょ」という顔をしたが、俺の形相《ぎようそう》が尋常ではなかったので、その表情は恐れに変わっていった。俺は彼女の手を引き、駅前の喫茶店に連れて行った。しかし、それで何をするのか、何を聞き出したいのかというプランはなかった。俺と彼女は黙ったままコーヒーが冷めるのを待つだけであった。俺は、苦い、泥水のようなコーヒーを啜った。今の時代なら、ストーカーとして、通報されてもおかしくはない出鱈目《でたらめ》な行動であり、彼女から嫌われるのは当然だった。

これ以後、彼女と会うことはなくなった。俺は中途半端な彼女との関係を、自分でぶち壊したかったのかもしれない。最初から負け試合だったのだ。俺は絶望的な気持ちになり、一人で池上にある図書館に逃げ込んだ。本を読んでも活字が入ってこないような状態なのに、他に行くところがなかったし、金もないので図書館に入り浸ることぐらいしかできなかったのだ。書架から本を持ち出して、読もうとするが、何を読んでもまったく頭に入ってこない。

そんな経験は初めてであった。ただ、二人の作家の文字だけはかろうじて読むことができた。一人は吉本隆明《よしもとたかあき》であり、もう一人が小林秀雄だった。俺の家の本棚には、死んだ武谷の遺品になった小林秀雄の全集が並んでいたが、このときまで頁を開くことはなかった。図書館の書架から一冊引き抜いて、読みはじめた小林秀雄の文章は、弱っている俺を叱りつけてくるようであった。それでも、俺は少しだけ気持ちが落ち着くのを感じていた。吉本隆明からも小林秀雄からも、何が何でも単独で生きてゆくという覚悟のようなものを感じたのである。自らの全重量を乗せてものを書いている。生きてゆく覚悟のようなもの。そうしたものに触れることができるのは、このときの俺には救いだった。

小林秀雄は、「富永太郎の思ひ出」という文章を書いている。

富永太郎は廿五歳《にじゆうご》で死んだ。僕は廿四歳であつた。死ぬ前の年の秋に彼が書いた散文詩は「私は私自身を救助しよう」といふ文句で終つてゐるが、それから死ぬまで約一年の間に、ランボオの詩の強い影響の下に自分を救はうとする必死な歌を、彼は十ほど書いた。青春のエゴティスムは二人に共通なものであつた。僕の専念してゐた事も亦《また》恐らく自分自身の救助であつたが、僕は、その為に何を賭けたらいいか彼の様《よう》にはつきり知つてはゐなかつた、或は知らされてはゐなかつた。自分に苛酷である事たゞそんな事で充分に多忙であつたらしい。

「俺は、俺自身を救助しよう」と頭の中で反芻《はんすう》すると、少しだけ生きるエネルギーが湧いてくるように感じた。武谷も、俺と同じ気持ちだったのだろうか。

ところで、あれほど、大学に行かなかったのに、どうして卒業できたのか不思議だと思われるかもしれない。その理由の一つは、当時の大学をめぐる時代状況にあった。ロックアウトが続いていて、授業もろくに行われていなかったので、レポートさえ提出していれば、なんとか単位をとることはできたのだ。ロックアウトが解けて授業が再開されると、俺は

「人工の脚」、つまりはロボット製作の研究室に入り、義足の耐用試験機などの製作にとりかかった。大学の工場に入り、旋盤を回したり、フライス盤を操ったりするのは、お手のものだった。

大学を卒業できたのは、ロックアウトで授業そのものが行われていなかったことと、そこが、機械が並んでいる理工学部だったからかもしれなかった。俺は、子どもの頃得意だった障害物競走のように、要領よく大学の門から逃げ出すことができたのである。

理工学部の学生たちは、三菱、日立、川崎重工といった大手企業に就職していった。日本経済は順調に進展し、売り手市場真っ盛りという時代であった。学生運動で、労働者搾取の元凶であると叫んで大企業を批判していた学生たちの多くも、スーツにネクタイで就職試験を受けに行った。どこにも就職しなかったのは、研究室では俺だけだった。いや、もう消息がわからないが、はぐれ鳥だった、仲間のふたりも、どこにも就職できなかっただろうと思う。

小津安二郎の初期作品である『大学は出たけれど』ではないが、俺は自分でも、何をやっているのか、この先、何をやりたいのかわからないまま、刑期を終えて沙婆《しゃば》に出てきた犯罪者のような気持ちでキャンパスを去ったのだった。

大学を卒業しプータロー生活をしていた一九七五年、俺は内村透と十数年ぶりに会うことになった。内村と再会したのは、バイト先の翻訳会社だった。というよりも、内村が、毎日何もせずに「ライオン」に入り浸っていた俺を、バイト先の翻訳会社に紹介してくれたのだった。内村が翻訳会社を辞めるのと入れ替えに、俺をバイト先に紹介してくれたのである。

俺は、内村がバイトをやめてからも二年ほどは、その会社の契約社員になって楽しく働いていたが、ちょっとしたきっかけで、その翻訳会社の社長と口論になり、会社を辞める羽目になった。そのとき相談したのが、やはりプータロー生活を送っていた内村だった。内村が借りていた部屋の炬燵《こたつ》に入り、頭を近づけながら俺は内村に言った。

「一緒に会社やろうぜ。社名を考えてくれ」

「アから始まる社名がいい。電話帳の最初に載せよう」

俺たちはこの会社にアから始まる社名のリストを作った。

このとき生まれたのが、俺たちが最初に作ったA翻訳事務所である。

一九七七年の秋、俺たちは渋谷道玄坂の百軒店という歓楽街の中に事務所を構えた。

大学時代、毎日のように入り浸っていた音楽喫茶「ライオン」の裏手の怪しげなビルの一室に、二台の机と、粗大ゴミ置き場から拾ってきた麻雀卓用の椅子を並べた。夜はネオンが輝き、酔客が行き交う場所だが、昼間はひっそりとしており、夜中まで営業を続ける翻訳会社には好都合だった。

会社を作った翌年、俺はアルバイト時代に知り合った女性と結婚し、実家からさほど離れていない田園調布のマンションに住むことになった。田園調布と言うと豪奢《ごうしゃ》な住宅街を思い浮かべるかもしれないが、俺が住んだのは、高級住宅街とは反対側の末枯《うらが》れた商店街の一角である。

風呂も洗い場も何もかもひとサイズ小さな造りの、しょぼいマンションではあったが、実家から離れて暮らす解放感は格別だった。それはとりも直さず、父親のいる微温的で、同時に窮屈極まりない地縁共同体から解放されるということを意味していた。俺は二八歳になっていた。

結婚した翌年には子どもができ、家庭も会社も順調に回り始めていた。俺が期待し、思い描いていた人生ではなかったが、自分で決めてやってきたことである。これでいいのかもしれないと俺は自分に言い聞かせた。

三〇歳になったとき、俺は自分の生活を変えるという目的で、頭を坊主にし、中古のカワサキZ400というオートバイを買った。そして、家の近くにあった空手道場の門を敲いた。それは自分の境遇に対するささやかな抵抗だった。平凡だが、着実な人生が続いていくはずであった。

文学は趣味で続ければいい。

会社の社長となれば、否《いや》が応《おう》でも、責任のある立場にも立たされることになる。二人で始めた会社は、とんとん拍子で成長し、社員もすぐに一〇人という所帯になった。こうなると、社員の生活も考えなくてはならない。俺は、多くのことを諦めなくてはならなくなった。喫茶店に朝から晩まで入り浸り、ノートに詩や評論を書くという生活は終わりつつあった。仕事がどんどん入って、毎日深夜まで残業しなくてはならなかったからである。

渋谷道玄坂の喫茶店の裏の事務所は、一年で原宿駅近くのビルへと転居することになった。そして、そのビルもまた数年で手狭になり、同じ渋谷の宮益坂上《みやますざかうえ》にある仁丹《じんたん》ビルへと引っ越した。設立から七年で会社は完全に軌道に乗った。

このとき、すでに三四歳になっていた俺は、もう若者ではなかった。社員の数も二〇人を超える所帯になっていた。俺は、詩や評論を書いて生活するという願望を断念しなければいけないと思った。渋谷道玄坂の喫茶店で書き始めたノートは一〇冊以上になっていたが、自分の決断を実行するために、ノートをすべて焼却した。このとき俺は、ビジネスの世界で生きていこうと決めたのである。

渋谷宮益坂上の喫茶店

渋谷宮益坂上にあった仁丹ビルにオフィスを構えていた頃、道路を隔てた裏通りに、ちょっと洒落《しやれ》た喫茶店があった。ドアを開けると、コーヒーの香りが漂ってきた。俺は、仕事中も気晴らしを兼ねて、コーヒーを飲みにその喫茶店に足を運んだ。ビルの二階にあった喫茶店は、カウンター席と、四人掛けのテーブルが二つ。壁にはいつも、ラファエル前派の画家たちの複製が飾られていた。

絵だけではなく、様々な書体のレタリング文字が一枚の絵のように額装されて壁に掛けられていた。

書体は様々だったが、書かれている文字はすべて同じであった。

「時代は感受性に運命をもたらす」

堀川正美の詩「新鮮で苦しみおおい日々」の冒頭の一行である。この詩の中ほどに、

「時の締切まぎわでさえ自分にであえるのはしあわせなやつだ」というフレーズが出てくる。

俺は、時の締切に気づかないままに、その瞬間を通り過ぎてしまったんじゃないかと思った。もう何も、新鮮なことなど俺の前に現れはしない。こうやって、仕事をサボってコーヒーを飲んで、仕事が終われば家に帰り、子どもの顔を見て、女房の作ってくれた夕食を食べ、ビールを飲みながらテレビでプロ野球を観る。そうやって、知らぬ間に、歳をとり、老人になっている。

その喫茶店でコーヒーを飲んでいるとき、壁に掛かった額縁の中のいくつもの書体が、「時代は感受性に運命をもたらす」と俺に語りかけてくるのを感じた。それは、ちょっとした啓示のようであった。このままではいけない。

お客が俺一人のとき、コーヒーを淹《い》れている店主らしい女性に思い切って話しかけてみた。見たところ、彼女はまだ三〇歳に満たない年格好であった。

「いいお店ですね」

「絵が好きなものですから」

「なんか、絵も、詩も、いい感じで……」

「美大の友人たちの作品をときどき展示しているんです」

「いいなあ、こういうの。俺もいつかやってみたいな」

冗談めかして言ってみたが、それは本心であった。

いつか、今やっている仕事とはまったく別の、もっと情熱を傾けることのできるような、お金儲けとは別の、意味のある「場」を作ってみたい。何の目算《もくさん》も無かったが、俺は漠然とそんなことを考えていた。

美大出身だという彼女は、ちょっと色黒で、芯の強そうな女性だった。この場所から文化を発信していく夢を俺に語ってくれた。負けたなと俺は思った。大変でも、自分がやりたいことを貫き通そうとしている姿には心打たれるものがあった。彼女の笑顔を見ていると、どこかで出会っていたようにも感じた。この女性は、誰かに似ている。でも、そのときは、よくわからなかった。偶然のように見つけた俺のオアシスだったが、それが偶然ではないことがわかるのは後になってのことである。

渋谷宮益坂上にある仁丹ビルで六年間ほど営業したものの、社員が増えてきて手狭になり、もっと大きなオフィスが必要になった。一九九〇年、原宿と千駄ヶ谷からほど近い、明治通り沿いにあるM食品の本社ビルの一室が貸し出されていることを知り、思い切って引っ越すことにした。身の程知らずという言葉通りの、だだっ広いオフィスである。ビルの一階には洒落たビストロがあり、欧風家具屋が並んでいた。いかにも、原宿といった風景がそこにはあった。朝、仕事が始まる前に、ビストロでエスプレッソを飲み、一服しながらテーブルに新聞を広げる。そこには、俺が憧れていた「文学」は無かったが、俺が生まれ育った場所には無かった文化的な生活があるような気がした。

四〇歳になった俺はここまで来たかと思った。この頃は、社員数も四〇名ほどになっており、アルバイトを含めると五〇名を超える大所帯になっていた。経理部だけでも四人のスタッフが毎日忙しく働いていた。社長室だけでも、かつて道玄坂で開業したオフィスよりも広いのである。四人掛けのソファと大きなデスクに座ると、なんだか自分が偉くなったような気持ちになった。しかしどこかで、俺が俺でないような気持ちが込み上げてくるのも確かだった。その気持ちを説明するのは難しいが、それは自分が偽物じゃないかという罪悪感に近いものだった。

社長室の椅子に座っていると、かつて、高度経済成長の時代に、日々大きくなっていく工場に並ぶ機械を眺めて父親が言った言葉が思い出された。

「ゼロから始めたけど、随分、大きくなっただろ」

プレス機械一台で始めた工場には、旋盤、フライス盤、パワープレスが、所狭しと並んでいた。M食品本社ビルのワンフロアを借り切って並べられた机を眺めたとき、俺もあのときの父親と同じ気持ちなのかと思った。ただ、父親にとっては、それは全霊を傾けてたどり着いたゴールだったが、俺には、これがゴールだとはどうしても思えなかった。

心の奥深くで、こんなところに来たかったわけじゃないという気持ちが込み上げてくるのを抑えることができなかったのである。

誰にも言えないけれど、そして言っていないけれど「そもそも、俺はビジネスマンじゃない、それを知っているのは俺だけだ」と叫びたかった。四十、不惑《ふわく》。しかし、俺はまだ惑い続けていた。

二〇〇四年の春、小さな出版社の編集者から俺に手紙が届いた。これまでの経験を生かした本を書いてみないかという提案であった。一度は、諦めていた物書きとしての仕事が、予期せぬところから舞い込んできた感じであった。

俺はその手紙を何度も読み返した。もちろん、嬉しかったが、今さら本を書いて何になるという気持ちもあった。編集者が俺に期待しているのは文学ではなく、新手のビジネス書だったのだ。それでも俺は、一冊だけなら、自分の思いを形にしておくのも悪くはないと思い直し、『反戦略的ビジネスのすすめ』という本を出版した。

体裁はビジネス書だが、内容は、会社を巡《めぐ》る哲学的な思索である。ビジネス書に見せかけてはいるが、ビジネスの対極にあるような内容の本である。同時に、俺がそれまでやってきたビジネスを擁護したいという気持ちもあった。ちょっと分かりにくいかもしれないが、当時流行していた戦略的ビジネス観や、勝ち組になるための方法論みたいな考え方を根本的にひっくり返すような本を書いてみようと思ったのである。

この本が出版されると、思いの外《ほか》、反響があった。戦略本は書店に溢れていたが、俺の書いたようなものはほとんどなかった。かつては敏腕編集者として鳴らした出版社の社長も、「結構面白いじゃないか、いけるかもしれない」と言って褒めてくれた。そして、この本は売れたのである。これがきっかけとなって、いくつかの出版社から執筆のオファーが舞い込んできた。それにつれて、講演の依頼も増えていった。

二〇一〇年、俺は還暦を迎えていた。昔なら引退の年齢である。かつてはジャパン・アズ・ナンバーワンともてはやされた日本経済の雲行きも、何度かのバブルとその崩壊を経て、少しずつおかしくなり始めていた。メディアでは、ベンチャー企業の育成が、日本経済活性化の切り札だと喧伝《けんでん》する大学教授がもてはやされていた。そんなの、嘘に決まっているじゃないか。そんなことを言っている奴は、ビジネスの現場を知らないか、とんでもないペテン師の類《たぐい》だ。俺は、心の中でそう思っていたが、俺もまた彼ら同様のベンチャービジネスの成功者のひとりと見なされていた。実際は、そういうものではまったくなく、自転車操業で糊口《ここう》を凌《しの》ぐ零細企業主に過ぎなかった。

二〇一二年、俺は何冊目かの単著になる『小商いのすすめ』という本を書いた。しばらくすると、一通のハガキが届いた。渋谷で小さな喫茶店を続けている女性店主からの絵葉書だった。店のイベントの紹介が記された絵葉書には文章が添えられていた。

「二〇年以上細々と喫茶店を続けてきました。最近は家賃も上がり、お客さんの数も減って、何度も、もう続けていけないのではないか、やめる潮時《しおどき》が来ているのではないかと感じるようになりました」

と美しい文字で綴られていた。そして、

「ご著書を拝読して、もう少し頑張ってみようと思いました」

と締めくくられていた。

絵葉書の片隅には喫茶店の簡単な地図が印刷されていた。

数日の後、渋谷宮益坂の中ほどにある、行きつけの整体院で腰の具合を診てもらった。その帰り、そういえば先だってもらった葉書の喫茶店はこの辺りだったのではと思い出した。

ちょっと寄ってみるかと、頭の中に残っていた地図を頼りに喫茶店を探した。

仁丹ビルと道路を挟んだ角の裏道を歩いていると、「おいしい珈琲淹れています」と書かれた大きなまな板のようなものがビルの入り口に置かれていた。俺は螺旋《らせん》階段を登り、喫茶店のドアを押し開けた。

螺旋階段を登りながら、俺の身体に小さな電流が走った。

あ、ここには来たことがある。忘れていた記憶が蘇《よみがえ》ってきた。

「こんにちは」と言って名前を名乗ると、店主の女性が大きく目を見開いた。そして、凛々《りり》しい顔が今にも崩れそうになった。

実のところ泣きたい気持ちになったのは俺の方だった。この喫茶店は、俺が以前に何度も通った喫茶店であった。いくつかの偶然が重なって、俺はこの店に導かれてきたのであった。

カリフォルニアに会社を作る一五年前。日本で最初に作った翻訳会社が軌道に乗り、渋谷の宮益坂にある、有名な仁丹ビルのワンフロアを借りて営業していた。その頃、よく通っていた喫茶店だったのだ。

宮益坂を上がりきったところの路地裏の二階。螺旋階段を上がって俺はその喫茶店のドアを押したのだった。まだ出店して数年といったところで、凛々しい横顔の美しい女性が、カウンターの中でコーヒーを淹れていた。俺はその喫茶店が気に入ってしまい、何度も足を運んだ。

しばらくして、俺の経営する翻訳会社は渋谷を離れ、その喫茶店に出向くことも無くなった。そして二〇年が経過し、俺はその店のことはすっかり忘れてしまった。

その後の俺は、翻訳会社を他人に譲り、新たな事業を始めた。当時はやりのＩＴの会社で、順調に業績を伸ばしていた。勢いに乗ってカリフォルニアに支店を作り、関連事業会社を秋葉原に作った。俺は怒濤のようなビジネス生活を続けたが、どの会社も、最初の翻訳会社ほど上手くはいかず、業績も徐々に下降線を辿り始めた。

還暦を過ぎ、そろそろ潮時だということで、俺は会社をたたむことにした。会社には一億円近い借金があったが、家を売り、すべての貯金をおろして借金を完済することにした。

俺にとっては一大決心だった。そして、俺は無一文になった。

俺に残ったのは、友人の駒井と遊びで始めた小さな喫茶店だけであった。

商店街のはずれの路地裏にある喫茶店は、画家や作家が集まる喫茶店ということで、雑誌や新聞で取り上げられた。その体験をもとにして、俺は『小商いのすすめ』という本を書いたのだった。「小商い」という言葉が若者たちの心をとらえたのかもしれない。本は予想外によく売れた。


あの一枚のハガキは、俺がとうに忘れ去った時間を乗せて、俺の手元にやってきたのだった。二〇年振りに、俺はこの喫茶店に帰ってきたのである。しかし、この話はこれで終わらなかった。

不思議というか、驚くべきことが待っていた。

「読んでくれたんですね。ありがとうございます」

「はい、姉に薦められて読んだのですが、すごく感動しました。まるで、私のために書かれた本のような気がして」

「お姉さんがいるんですね。おふたりで暮らしているんですか」

これはちょっと不躾《ぶしつけ》な質問だった。返ってきた答えを聞いて俺はどきりとした。呼吸も荒くなっていたかもしれない。

「はい、ずっと池上線の千鳥町という町にふたりで住んでいます。両親が亡くなって、私ひとりになってしまったんですが、結婚していた姉が出戻ってきて一緒に住むようになったんです。もうふたりともいい婆さんです」

思わず俺は、頭の中で、ハガキに書かれていた差出人の名前を反芻した。

差出人の名前のところには、確か、こう書かれていた。

青山茜。

俺の身体に電流が流れた。どうして、それに気が付かなかったのだろう。

俺が仁丹ビルの中にオフィスを構えていた頃、何度もこの店に通った理由の一つは、この店の店主が、俺が中学生のときに一緒に全校生徒委員に選ばれたのがきっかけで好きになってしまった青山葉子に似た風貌をしていたからだった。

青山さんとは、中学を卒業後、一度だけ高校の体育祭で会ったきり連絡が途絶えていたが、大学をドロップアウトしてアテネ・フランセに通っていた頃、偶然に再会した。俺にとっては夢のような再会だったが、結局俺たちは別れ別れになってしまった。俺は、もう彼女に会うことはないだろうと思っていた。しかし、自分でも知らないままに、半世紀ものあいだ、彼女のすぐ近くを彷徨《さまよ》っていたのである。

俺たちは自分が想像するよりも遥かに狭い世界に生きている。

この現実こそが、ひとつの限界であるようにも思える。俺たちはこの限界の中で生き、そして死ぬ。しかし、同時に、俺たちは、触れることも、手を加えることも不可能な超越的な時間の中にいる。現実的な世界と、超越的な世界が交わるあわいの中の一瞬が、俺たちが生きている時間のように思える。偶然は、現実的な世界では単なる偶然に過ぎないが、超越的な時間の中では必然なのかもしれない。いくつもの偶然の出来事が俺たちに告げようとしていることはそのことではないのか。

放蕩息子の帰還

一九七七年、二七歳のときに最初の会社を設立して以来、二〇年余にわたる会社の業績は外目には順調に推移していた。

五〇歳になったとき、俺はいくつかのベンチャー企業の立ち上げに参加し、カリフォルニアまで出向いてサンノゼに小さな会社を作った。ミレニアムのときの日本は、ＩＴブームで、渋谷を中心にたくさんの起業家が暗躍し、ベンチャーキャピタルや個人投資家は、目ぼしい会社に数千万円単位の投資をしていた。その会社が株式を上場すれば、何十倍もの金額のキャピタルゲインがあるからだ。一種のバブルが、一発逆転を目論《もくろ》む若者を起業へと走らせたのである。起業家という言葉が、ヒーローと同じ意味を放っていた。

還暦を迎える数年前から、よく知らない団体やメディアから俺に、ベンチャー企業の経営に関する講演や取材の依頼が舞い込むようになった。

その年、大阪のベンチャー企業界隈《かいわい》の人たちから、後進の若者たちのために、講演をしてくれないかと声がかかり、大阪に出向くことになった。

これから講演が始まるというそのとき、切り忘れていた携帯電話のベルが鳴った。実家の母親が家の前で倒れ、病院に運ばれたという父親からの知らせだった。ちょっと嫌な予感があった。

「今、大阪なので、明日、戻ったら病院に直行する」と答えて電話を切った。俺はそのまま講演を続けた。翌朝東京へ戻り、病院へ直行すると、母親は大腿骨骨折という診断で、すぐにでも手術をしなければならないという。輸血をしながらの、六時間に及ぶ手術になった。

幸い、術後の経過は順調だった。

病院のベッドで横になりながら母親はこんなことを言った。

「ここは、極楽だよ」

来る日も来る日も、工場の女将さんとして工員の面倒や、一刻者の親父、風来坊のような息子の世話でキリキリ舞いだった母親にとっては、病院での上げ膳据え膳の生活は極楽に思えたのだろう。俺は、母親の言葉を聞いて、なんだか悲しい気持ちになった。母親を一度も温泉旅行に連れて行ってやれなかったことを悔やんだ。

一ヶ月ほど入院して、さあ退院というその日、主治医から説明したいことがあるので来てくれと連絡があった。子宮から気になる出血があるので、大きな総合病院で診てもらった方がいいということであった。

「今、S病院に連絡するので、このまま車椅子でそちらへ直行してください」と言うのである。

俺はやっとのことで退院できると喜んでいた母親に、なんと説明しようかと迷ったが、主治医の言うことをそのまま伝えることにした。母親は「あ、そう」と何もかも知っているような風であった。S病院で、数時間も待たされた後、診察が始まると診察室から医師の声が漏れてきた。

「こりゃ、ひどいな。すぐに入院手続きをとって」

母親はそのままS病院に入院した。何がどうなっているのかわからなかった。しかし、このとき母親は、すでに末期の子宮頸《けい》がんに侵されており、余命幾《いく》ばくもない状態であった。母親はそのことを知っており、家族にはひたすら隠していたのである。入院からわずか一週間後に、母親は呆気《あっけ》なく死んでしまった。

母親が最初の外科病院に入院したとき、実家をバリアフリーに改築しようと父親と話し合った。俺が、高校生のときに建て増しした木造二階建ての家屋には、あちこちに段差があり、傷《いた》みも激しくなっていた。足が不自由でも転ばないように段差を無くし、台所を作り替え、風呂場も新しくした。しかし、母親はリフォームして新しくなった家に帰ってくることはできなかった。

母親の最後の言葉は、「お父さんを頼むよ」だった。

母親の葬儀が終わった翌日。実家を訪ねると、父親がポツンと一人でテレビを観ながら晩飯を食べていた。

「どうする、これから」と俺は父親に声をかけた。

「うん、なんとかするよ」と父親が不安そうに答えてきた。

それまで反目してきた父親が、一回り小さく見えた。

俺は、つれあいを亡くし、急速に老いを深める父親を介護するために少年期の思い出がいっぱい詰まった町に帰還することにした。還暦の帰還である。かつて俺は「悪い兄たちが帰ってきた」という詩を書いたことがあったが、それが現実になった。

父親と息子の立場が逆転して、三二年振りの実家に戻る気持ちは複雑だった。

これから始まる介護生活は重荷ではあったが、淡い期待もないではなかった。

何かが始まるのかもしれないという、漠然とした期待。それだけを頼りに、俺は実家に自分の荷物を運び込んだ。誰もが顔見知りだった町を出て、三〇年あまり後に、誰一人として顔を知らない他人の町に戻ってきたのである。

帰ってきた町は、何もかもがひとまわり小さくなっているように感じられた。俺が卒業した小学校が、こんなに小さな学校だったとは。家から学校までの距離がこんなに近かったとは。昔、俺が住んでいた町は、何もかもが小さくなっていた。

変貌したとはいえ、この町に残されている臭気が、やはり俺は好きだった。結婚して、この町を出て、親元を離れて行き着いた世田谷の水は俺に合わなかった。実家に舞い戻って、俺はあらためてそのことを実感した。だが、この場所は、俺の故郷にはならないだろうという予感もあった。いずれまた、俺はこの場所から去ってしまうだろう。老いた父親と二人、俺は行くあてのない故郷喪失者みたいなふわふわとした気持ちのまま、介護生活をスタートさせた。

この町に帰還してしばらくすると、中学校の同窓会が行われることになった。そこで、俺は二人の同級生と再会した。この二人と特に親しかったわけではないのだが、半世紀の空白がかえって俺たち三人を繋ぎ直すことになった。二人とは、あのベンチャーズバンドの駒井鉄雄と伊澤寛太である。

同窓会で再会した二人の友人からは、かつての悪ガキだった頃の面影は消えていた。二人の顔には、これまでの人生で経験してきた様々な苦労が滲《にじ》み出ているような感じだった。駒井は高級そうな紺のブレザー姿で、ガハハハと悪徳政治家のように笑う。その風貌に似合わず、言葉遣いはビジネスマンらしく謙虚で丁寧であった。一方の伊澤は作家の開高《かいこう》健《たけし》に似た四角い顔で、太鼓腹。サスペンダーにダメージジーンズといういでたちで俺の前に現れた。ジーンズはいつも絵の具で汚れていた。

ガサツな男だが、いつも剽軽《ひょうきん》で、彼の前には自然に人の輪ができる。

同窓会以後、俺は急速に彼らとの距離を縮めることになった。中学校時代の俺は、駒井と伊澤に特段の興味を抱くことはなかった。会うことのなかった半世紀の時間が、俺たちを引き寄せたのである。

二人の話を聞いているうちに、なぜか俺は、この二人が生きてきた時間が、俺が生きてきた時間と深いところで重なり合い、響き合うのを感じた。それが何を意味しているのかよくわからなかったが、知る必要があるようにも感じた。そこに、何か俺の知らない力が、働いている気がしたからである。しかし、それが何であるのかは、このときはまだよく分からなかった。

同窓会がはねると、俺は実家に戻ったことを彼らに説明して、ちょっと寄っていかないかと誘った。

話は、あちらこちらに飛んで行った。お互いの病歴や、武勇伝の話から、中学校時代の仲間たちの消息、そして両親のことなど。

「神田は今どうしているんだ」と伊澤が俺に聞いてきた。

「なんだ、知らなかったのか。三〇歳になる前に脳腫瘍で死んだよ。逆縁《ぎゃくえん》ってやつだな」

俺は、彼らに神田が死ぬまでの経過を詳しく話した。

高校で同窓だった神田遼一は、俺たちの同窓生であり、中学校時代は勉強でも運動でも、頭ひとつ抜けたヒーロー的な存在だった。父親は自衛隊の尉官で、美しい妻と、遼一の三人の家族は、千鳥町の官舎で慎ましく暮らしていた。家族にも容姿にも、そして頭脳にも恵まれて育った彼は、現役で合格した横浜の国立大学を卒業後、大手商社に就職し、将来を嘱望される存在であった。しかし、就職後まもなく脳腫瘍が見つかり、あっけなく死んでしまったのである。神田の死後、二人だけになってしまった両親は地元を離れ、葛西《かさい》にあるマンションに引っ越してしまった。

一度だけ、渋谷の道玄坂にあった俺の会社を神田が訪ねてくれたことがあった。A翻訳事務所を創業して間もない頃であった。俺が、商売のほう、結構上手くいってるんだよと自慢すると「ペーパーカンパニーってのも楽しいかもしれないな」と蔑《さげす》むような顔で言った。

俺はちょっと悔しかった。同時に神田は、随分遠くへ行ってしまったのだなとも思った。

確かに、神田が所属している日本を代表する総合商社に比べれば、俺の会社は風に吹き飛ばされた葉っぱのような情けない存在ではあった。

その神田が先に逝ってしまうなどと、このときは想像すらしていなかった。神田が死んでからしばらくして、俺は神田と共通の友人であった守山から、後日談を聞くことになった。小学校時代に近所に母とふたりで暮らしていた守山は、物静かな男で、ほとんど自己主張をしないが、中学校ではマラソンだけはいつもトップでゴールテープを切っていた。俺は、守山が、家の前の道を一人で黙々と走って練習しているのを見たことがある。

「神田くんのお母さんが何度かマンションの部屋の窓から飛び降りようとしてね。俺は必死で止めたんだよ」

そんなことがあったとはまったく知らなかった。

神田の死後、間もなくして、守山は神田家の養子に入った。守山は母親を亡くし、天涯孤独の身であった。それを見ていた神田の母親は、遠縁の娘を紹介した。義理の親である神田の両親が媒酌人《ばいしゃくにん》になった。子どもを失った母親と、母親を失った子どもが、もう一つの家族を作ったのである。

もうひとりの早逝者である武谷次郎は、俺と同じ町に住んでいたが、俺や駒井や伊澤とは別の中学校に通っていた。比較的裕福な家庭に育ったが、不思議な運命に巻き込まれて死んでしまった。俺は駒井と伊澤に、武谷にまつわる話をしようとしたが、彼らは武谷のことをよく知らなかったので、このときは特別興味を示さなかった。

「あいつらが生きていたら、と思うことがあるだろ。やつらは、いつまでも年若いままだけど……」

俺が言うと「時間を止めることはできないんだよな。死んだやつの時間だけが、そこで止まっている」と駒井が応《こた》えた。もし、神田遼一が生きていたら。神田は、今のこのおしゃべりの輪の中に加わっていたはずである。中学校時代の俺の一番の親友は神田だったのだ。

「千鳥町にＩＢＭの工場があっただろ。神田とは夜中によく工場に忍び込んで、廃棄してあったパンチカードを頂戴したんだ。カードの裏側に英単語を書いて束《たば》ねると、暗記帳になったからな」

「俺もやったことがある。今なら捕まっちまうけどな」

「いや、そういう時代だったってことだよ。守衛なんかもいなかったし、夜中は自由に工場に出入りできた」

「いつの間にか、あの工場も無くなってしまったな」と駒井が懐かしそうに呟《つぶや》く。

「駅前にK外科があっただろ、あれもいつの間にか無くなっていた。俺はあそこで魚の目の手術をしたんだ。両足に出来ていて、歩けなくなっちゃってさ、神田におんぶしてもらって家まで帰ったことがあった。線路の上を歩いて。池上線がストで止まっていたからさ」

池上線千鳥町から俺の家まで線路脇の土堤《どて》には、野蒜《のびる》が生えていた。俺は野蒜を採取して、味噌を付けて食べた。エシャロットみたいな味だが、その頃の日本人はエシャロットなんて洒落《しやれ》た野菜は食べていなかった。

「K外科だけじゃない。T医院の角にあった駄菓子屋もなくなったよな」と伊澤がしんみりとしている。ああ、あの駄菓子屋なら、俺も入り浸っていた。あの陽気なばあさんはとっくの昔に死んでしまっただろう。

級友たちの死からはじまった話は、終わりのない回想へ俺たちを引きずり込んでいった。

三人にはいくつかの共通点があった。俺たち三人の父親は、いずれも蒲田から千鳥町や下丸子《しもまるこ》まで延びている京浜工業地帯で一人親方として町工場を創業した。そして、三人とも男二人兄弟であること、最近になって母親を亡くし、父親の介護をしてきたこと。

一つ違いがあるとすれば、俺と駒井鉄雄は長男だが、伊澤寛太は次男坊であったことである。

俺と、今や隆々たる機械加工会社の社長の駒井鉄雄は、成長の過程で自ら生まれ育った町から離れ、数年前に親の介護のために舞い戻ってきていた。しかし、介護の甲斐なく、駒井の父親が亡くなり、次いで俺の父親も死を間近にしていた。

二〇一一年の冬。

父親は新大久保にある旧陸軍病院で、人生を終えようとしていた。長引く譫妄《せんもう》は、そのまま認知症の症状に変わり、ほとんど、正常な会話はできなくなっていた。

この年の三月、東北地方を大きな地震が襲った。大津波が発生し、地震と津波の影響で福島原子力発電所の全電源が停止した。やがて建屋は水蒸気ガスの爆発で破壊された。機能不全に陥った原発施設から漏れ出た放射能が拡散し、チェルノブイリの再来が近づいていた。東京にも、その影響が及ぶかもしれない。アメリカ大使館は在日米国民に日本からの退避を勧告。国内も、多くの人が、関西方面に移住を決めた。日本中が大騒ぎになり、テレビのニュースは刻々と変化する原発事故の状況を伝えていた。

大津波に攫われ、家々は倒壊し、漁民は船を失った。津波は原発施設を破壊し、堤防を越えて村に襲いかかった。夥《おびただ》しい数の人間が波にさらわれた。その映像を病院のロビーで見ながら譫妄から覚めない父親が言った。

「お前がやったのか」

「何言ってるんだよ」と俺は笑ったが、父親は最後まで、俺が何かしでかすのではないかと心配していたのかもしれない。それを思うといたたまれない気持ちになった。

この原発事故の後処理、つまり廃炉工事はこの先、何十年も続くことがわかってきた。誰も想定していないことが突然起きることがある。昨日までの生活が、明日も続くとは限らない。それは誰にとっても、言えることだった。自分の生活に何が待ち受けているのかを、事前に知ることなどできない。

駒井と伊澤を俺の実家に誘ったとき、彼らが語った話に、俺は目を見張った。あの頃の俺は、自分のことばかりに夢中で、すぐ近くにいた彼らについて、何も知らず、何も見ようとはしていなかったのだ。

俺たちは考えているよりもずっと狭い世界に生きているのかもしれない。そして、それは考えているよりも重要なことなのかもしれない。どんな動物だって、自分たちの物理的なテリトリーの内部で生きているものである。人間だけが、このテリトリーの外に自由に出入りできると思っているが、人間だって同じ動物なのだ。

駒井鉄雄が語ったこと

駒井は、彼の身の上に起きた七歳のときの出来事について語り始めた。

夕方の六時を回った頃、久が原の実家のドアを開けた駒井鉄雄は、上がり框《かまち》の奥の茶の間で、電気も付けずに悄然《しょうぜん》とうなだれている母親を目撃した。

「どうしたの」と駒井は母親に声をかけた。母親は畳の上にぺたりと座ったまましばらく顔を上げようとはしなかった。

しばらく、二体の蠟《ろう》人形が対峙《たいじ》しているような沈黙が続き、ようやく母親が「焼けちゃったよ」と呟いた。

まだ、物心がつきはじめたばかりだった駒井鉄雄は、一瞬何が焼けたのかと思った。そして、母親の落胆を見ているうちに、自分の手足が震えてくるのを感じることになった。

駒井の父親である駒井源三郎は、栃木県で戦前より続く有数の漬物問屋の三男として生まれた。男三人兄弟の中で、社交的な上の二人に比べると特段の特徴もなく目立たないおとなしい子どもであった。ただ、記憶力だけは抜群で、学校の成績も良く将来は学者にでもなるのではないかと近隣で噂されたほどであった。

商家にとっては、それは褒め言葉ではなく、学者にしかなれないだろうという半ば《なか》侮蔑が込められた言葉でもあった。駒井の祖父にあたる源蔵は、源三郎が子どもの頃から商売には向いていないと思い、奉公に出して商売人として鍛えるということもしなかった。しかし、周囲から期待されていない分、源三郎は自由に生きることができたとも言える。

兄弟の中では、源三郎だけが東京蒲田にある叔父の工場に預けられた。叔父は蒲田では中堅どころの金属加工会社の役員をしており、比較的裕福な暮らしをしていた。源三郎は、蒲田の工場から、池上線で四つめの久が原にあった叔父の家の一室から、芝浦の工業専門学校へ通わせてもらい、そこで工作技術をひととおり習得したのである。

源蔵は、商人としては取り得のない源三郎の手に職をつけさせて、将来は弟が役員をしている会社で面倒を見てもらおうという腹があったようだ。その腹づもりの通り、工業専門学校を卒業した源蔵は叔父のいる会社に旋盤工見習いとしてしばらく働いていた。

その後の源三郎の人生は、サイコロを振るような、目まぐるしい変転を遂げることになる。

一九三〇年代のはじめに起きた世界恐慌のあおりを受け、日本は深刻な不況に陥った。蒲田の金属加工会社も経営が苦しくなり、人員の整理をしなくてはならなくなった。会社の状況を見ていて、源三郎は親類というだけでその会社に居残っていることに心苦しさを覚え、自ら退社を申し出たという。

折しも、満洲農業移民一〇〇万戸移住計画が国策として持ち上がり、困窮する地方農民は数十万単位で満洲に渡った。源三郎は金属加工会社を辞したあと、足利《あしかが》にあった中島飛行機の下請け会社に拾ってもらうことになった。

悪化する中国戦線のなかで、軍事技術支援という名目で関東軍は中国との全面的な戦争に備えるための兵站《へいたん》要員や技術者を満洲に送り込んだ。その満洲派遣組のなかに源三郎が含まれていた。実際のところ源三郎が満洲で何をやっていたのかよく分からない。戦後、満洲から戻った源三郎は、満洲での出来事を一切口にすることはなかった。ひょっとすると、諜報のようなことをしていたのかもしれない。

戦後、復員してきた源三郎は、いったんは栃木県の実家に戻るのだが、叔父の伝手《つて》で縁談の話が持ち上がり、叔父の家で仮祝言《かりしゅうげん》をあげた。これを機に、源三郎とその妻、つまり駒井鉄雄の母親は、しばらくの間、久が原の叔父の家で世話になることになった。昭和二三年（一九四八年）の夏のことである。その後、駒井の両親は叔父の家に住み着くことになるのだが、それにはこんな事情があった。

専門学校生時代にも世話になった叔父の家は当時では破格と言われるほどの豪奢《ごうしゃ》な造りの洋館で、母屋の他に、離れの一室と納屋があった。一介の金属加工会社役員がこんな家を持てるはずもないが、叔父には株に関する特別な才能があったようだ。時流を読む才能というべきか、叔父は株でかなりの資産を蓄積し、久が原に広い土地を買い、この家を建てたのである。

叔父はこの家で生涯暮らすつもりだったが、運悪く肺結核が発覚して長期療養を余儀なくされることになってしまったのである。主人のいなくなった家に、叔父が回復して戻ってくるまでという条件で、源三郎夫婦が住むことになったのである。

叔父は、駒井の両親にとっては、足を向けて寝られぬ大恩人である。子宝に恵まれなかった叔父も、将来は源三郎に事業を継がせても良いと思っていた。しかし、源三郎は叔父の会社には入らなかった。満洲時代に知り合いになった男が池上線沿線でプレス工場をやっており、その工場で旋盤工の見習いを募集していることを知り、上京後、その工場を訪ね、雇ってもらう約束をしていたからである。

蓮沼製作所というその会社には、職工さんに交じって、渡り職人といわれる旋盤工が数人働いていた。

工専卒で軍需工場での経験があったとはいえ、源三郎はそこで初めて、腕一本で自分と家族を養っている職人の技に触れて、これは及びがたいと思いながらも、自分もいつかはこういった職人の列に加わりたいものだと思った。いや、いつかは自前の工場を持ってみたいと思ったのだ。

焼け野原になった蒲田の町を歩いていると多摩川土堤に突き当たる。土堤の道端に旋盤の機械が焼けて転がっていた。源三郎は、それを部品ごとにバラしてリアカーに積み込み、叔父の家の納屋に運び込んだ。

「いい見《め》っけもんがあった」

「これで、ひと仕事できるかもしれん」

大きくなり始めたお腹をなでている妻に、源三郎は告げた。

昭和二五年（一九五〇年）の春のことである。

このとき、源三郎の妻のお腹に宿っていたのが駒井鉄雄である。

源三郎は、蓮沼製作所から調達してきた油に三日三晩機械を浸けて、ハンマーで叩いて油を浸み込ませた。その作業を繰り返しているうちに、どうにかこの拾い物の旋盤が生き返ったのである。

蓮沼製作所で修業しながらも、源三郎は久が原の家の納屋をちょっとした工場に改築し、生き返った旋盤と、中古のプレス機械二台を並べた。仕事は主に蓮沼製作所からまわしてもらった。いずれは独立して自分の会社を作ろうという腹づもりであった。

今では日本を代表する機械加工会社となった駒井精密機器（後に改名して駒井精機となる）はこのようにして始まった。この会社を、源三郎の後を継いで社長になった駒井鉄雄は、今でも本社応接室のギャラリーに、このときの旋盤を陳列している。「初心、忘るべからず」ということか。

鉄雄が生まれた昭和二五年、突如として始まった朝鮮動乱により、米軍からの軍需発注が相次ぎ、源三郎の駒井精密機器は次々に機械を買い増し、職人を雇い入れた。

この間、回復の見込みがないことを知った叔父は、源三郎に、久が原の家と土地を、格安で譲ってもよいと話を持ちかけていた。衰えてゆくものがいれば、ますます盛んになるものもいる。源三郎は大田区糀谷にある三〇坪ほどの借地に工場を建設した。高度経済成長の恩恵を受けて源三郎の人生は軌道に乗り始めていた。

昭和二九年（一九五四年）になると、糀谷の工場を拡張し、隣には従業員向けの宿舎を建設した。久が原の持ち家を担保にして銀行から借入れをして業容を拡大していったのである。

工場とひと続きの隣棟には社員寮が併設され、住み込みで働く若い職工たちがそこで寝泊まりした。工場はその後も順調に受注を伸ばし、銀行からの借入れも、当初の予定よりも早く返済することができた。

すべての歯車が急速に唸《うな》りを上げて回り始めていった。

その歯車が一瞬のうちに狂い始めるなどとは、家族の誰も想像していなかった。

工場建設から三年目の昭和三二年の夏の明け方、工場から突如どす黒い噴煙が上がった。その日は、接近しつつあった台風の影響で強風が吹いていた。

火はまたたく間に工場全体を包み、明けきらぬ空を真っ赤に染めた。

この話を聞いたとき、俺は、実家の工場で、住み込みの若い衆が失踪したことがあったのを思い出した。あのとき、俺はテレビで『名犬ラッシー』を観ていた。番組が終わり、ニュースが始まり、糀谷の工場火災のニュースを伝えていた。あのときの火災が、駒井の父親の経営していた工場の火災だったのだ。そんなことは、忘れて当然なのに、俺はなぜか鮮明に覚えていた。同じ工場の息子として、あのときの火事のニュースが、世界の終わりを告げているような恐怖を感じたのである。

源三郎は、この日は徹夜明けで、昼過ぎまで久が原の家でゆっくりしていたのだが、突然の電話で工場が焼けていることを知らされた。すぐに現場へと車をとばしたが、どこをどう通って行ったのか、ほとんど記憶がないほど動転していた。現場に駆け付けたときは、すでに工場は黒焦げになっていて、焼けただれた柱や、焦げた機械類の間から水蒸気がシューシューと音を立てて空中に吸い込まれていた。

その光景は、源三郎の目に生涯焼き付いた。

野次馬を掻《か》き分《わ》けて、工場のすぐ手前まで進み出た源三郎は、その場で消火作業にあたっていた消防士に、自分が工場主であることを告げて、こう叫んだ。

「中はどうなってるんだ」

「けが人は？」

「え、どうなんだ、全員無事なのか？」

消防士は、まだ詳しいことはわからないと述べたのだが、その場に居合わせた住み込みの工員たちが一様に目を落としているのを見ると、不吉なものを感じないわけにはいかなかった。

戦争を体験してきた源三郎にとって、工場が焼けてしまったことは、悔しいとはいえ、まだそこから再起すれば何とかなるという気持ちがあった。しかし、自分の生まれ故郷から預かってきた子どもたち、つまり住み込みの工員たちの安否が気がかりだった。できるなら、そのまま灰になった工場の中に飛び込んで、自分の手で灰燼《かいじん》の中に取り残された工員を探し出したい気持ちだった。

「山村、三里、本郷、内山……」と、煤《すす》で真っ黒になった従業員の顔を確認しながら、そこにいるべき人間がいないことが分かるまでに多くの時間を必要とはしなかった。

「島村はどうした。島村がいないじゃないか」

島村四郎は、栃木県那須野《なすの》が原《はら》の農家の四男坊で、年の離れた兄弟からは、「シロ」「シロ」と犬のように可愛がられていた。色白で痩軀、どこか栃木の山猿とは違った、群れから離れた貴種のような感じだったと、源三郎は後に述懐している。

その四郎の姿が見えない。

そろそろ夜が明けようとしている時間の出火であり、工場の住み込み棟には五人の従業員が眠りこけていた。

三里が異変に気づき、すぐに外に逃げ出そうとして仲間に声をかけようとしたのだが、声が出ない。突然起きたあまりの出来事のショックで、声が出ないのだ。

ところどころで吹きあがる火の中を、二階から転げ落ちて、その後はよく覚えていない。気が付いたら四つん這いになって工場の敷地に這い出していたということである。山村も本郷も内山も何とか自力で逃げ出すことができたのだが、ぐっすりと眠りこけていた島村が異変に気付いたときには、一酸化炭素中毒で身体が動かなくなっていた。

「ひとりいたぞぉ」という消防士の声で、数人の消防士がまだ煙が上がっている工場の母屋のほうへ入り込んだ。しばらく焼け跡を掘り返すような作業をした後、水蒸気の立ち上る焼け跡の中から、遺体を抱えた消防士が源三郎の方へ歩んできた。

源三郎は遺体の方へ駆け出して行こうとしたのだが、消防士に右腕を摑まれ、目を真っ赤に腫らしながら推移を見守るほかはなす術《すべ》もなく、そのままその場に座り込んだ。

遺体の確認作業の最中、源三郎は自分の身体から一気に力が抜けていくのを感じ、棒立ちのまま泪《なみだ》を流した。

昭和三二年八月一一日。

その日が、後年横浜に本社を移して、立派に立ち直った駒井精機の防災記念日となった。

源三郎の長男であった駒井鉄雄にとっても、この日のことと、その後の出来事は生涯の事件として記憶されることになった。鉄雄は、母親とふたりで、震えながら源三郎からの連絡を待っていた。電話はいつまで待ってもかかってこなかった。連絡がないということは、何か不吉なことが起きたことを暗示していた。

工場が焼けてから数日後、駒井は、父親に連れられて、栃木県の島村の実家へと向かった。

その日は、焼け死んだ島村四郎の葬儀が行われることになっていたからである。

駒井源三郎は、淡いグリーンとベージュのツートンカラーのいすゞヒルマンミンクスで、島村の実家である栃木県那須野が原へ向かっていた。

助手席には、長男である駒井鉄雄が座っていた。

高速道路が整備されていない時代である。都心部を抜ければ道も舗装されておらず、ヒルマンミンクスは土埃《つちぼこり》を上げてガタガタと車体を揺らしながら走り続けた。

道中、源三郎は無言であった。なぜ、このとき長男を連れて行ったのか。

駒井鉄雄の記憶では、父源三郎があまりに落ち込んでいたために、母が長男の駒井鉄雄に「おとうさんをたのむよ」と言って同席させたということらしい。だが、まだ七つだった鉄雄が、傷心の父親を支えることなどできっこない相談だ。

後日、鉄雄はこう思ったという。

源三郎はこのとき、やがて自分の会社を継がせる長男に、なにごとかを教えるために、同行させたのかもしれないと。

そのなにごとかとは、口では説明できない、様々な意味を負った出来事である。人を雇うということ。経営者が直面しなければならない困難。人生には何度か、取り返しのつかない事態と遭遇することがあり、それでもそれを引き受けなければ生きてはいけないということ。経営者になるということの覚悟のようなもの。父親が息子に伝えたかったのはそういうことであった。

島村の実家のあった那須野が原は、一九六六年(昭和四一年)より国による那須野が原開拓建設事業が行われたところである。開拓の歴史は明治の殖産興業の時代にまで遡《さかのぼ》る。

明治時代の原野の開拓の苦労は、並大抵のものではなかったようだ。那須野が原の大地は、山からの砂礫《されき》と火山灰でできていたため、その作業は石を一つずつ取り除くことから始められたという。

島村の祖父である作右衛門は、この開拓事業に参加し、塗炭《とたん》の苦しみを味わいながらも歯を食いしばって瓦礫の原野を耕作地に仕立て上げる作業を行った。この島村作右衛門の強力《ごうりき》と、粘り強さは村でも評判になり、作右衛門は開拓農民のリーダー的な存在になっていった。この作業の結果、四反ほどの耕作地が作右衛門のものとなり、稲作を始める。島村四郎の祖父、そして父・作造の二代続いた開拓事業への献身によって、島村家は地元の中心的な農家に成長し、大量の米を地元の協同組合に納めていた。

葬儀は盛大なものであった。

早々に家を出て行った四男であり、逆縁ということもあって、当主の島村作造は周辺の農家には知らせずに、身内だけの葬儀にしようとしたのだが、テレビのニュースにもなった事故であり、誰もが知るところとなって、身内だけのひっそりとした葬儀というわけにはいかなくなった。

近隣の農家や、商家から贈られた花輪が、黒白の布がはためく生垣《いけがき》に沿って、島村の家の前の道から一列にずらりと並び、喪服を着たものたちがところどころに立ち止まって話をしたり、若い衆が弔問客を案内したりしている姿が見えた。

源三郎は、道に貼りだされた案内を見て島村の家を確認すると、直接葬儀の場へは向かわずに角を曲がり、そのまま一キロ以上も走ってから、空き地に車を止めた。

しばらく、車の中で呼吸を整え、おもむろにドアを開け、鉄雄の手を引いて葬儀の行われている島村家へと歩き出した。

砂利道を源三郎と鉄雄の駒井親子が歩く。源三郎の足は重かったが、島村家が近づくに従って早足になっていった。鉄雄は小走りになりながら父親の後についていった。

周囲の立木の間から蟬の鳴き声が降り注いでいる。

葬儀の開始時間はとうに過ぎており、焼香を済ませた近所のひとたちが横目で駒井親子を見ながら通り過ぎる。

どんなに人目を忍んでも、片田舎での自家用車は目立ち、源三郎の仕立ての良い喪服を見れば、東京から来た件《くだん》の会社の社長であることは分かるだろう。

鉄雄は幼心に、焼香から帰る人々の視線が、源三郎と鉄雄の身体を刺すのを感じていた。

自家用車に乗ってやってきた「東京の社長」に対する嫉妬めいた感情もあったかもしれな

い。

とはいえ、源三郎自身、貧しさの中から這い上がってようやく工場を立ち上げ、軌道に乗せるところまで漕ぎ着けた矢先の出来事だったのだ。火事は源三郎の夢を粉砕してしまった。果たして、これから、どうやって事業を続けてゆけばよいのだろうか。

二人が葬儀の行われている島村の家に到着したとき、人々が並ぶ玄関口からは、読経《どきよう》の席の一番奥に座っていた島村作造のうなだれる姿が見えた。まだ、たくさんの人が焼香の列を作っている。源三郎はじっと作造の方を見ていたが、その顔は少し青ざめており、鉄雄はこれから何が起きるのかと、不安でいっぱいだった。そのとき、何かを決したように、源三郎は鉄雄の手を握り、「ここで待ってろ」と言い残して、作造の座っている一番奥の席まで進み出ていった。

その勢いに、焼香の列が乱れ、作造と源三郎がにらみ合う格好になった。

作造と源三郎が会うのはこれが二度目である。

まだ幼さが顔にのこる島村四郎を連れて、作造が源三郎の工場を訪ねてきたときが最初の出会いだった。

駒井鉄雄は、「こんな役立たずですが、よろしく仕込んでやってください」と頭を下げる作造に対して、「大事なお子さんを、預からせていただきます」と源三郎が言ったのを覚えている。

実際に、源三郎は住み込みで働いている若者たちを家族同様に遇した。いや、家族以上に気遣い、大切に育てようと心掛けていた。もらいもののお菓子や果物があれば、最初に住み込みの若者たちに分け与え、残り物を自分の子どもに与えた。

もちろん、仕事場では厳しく接していたが、それも親心からそうしているのであり、いずれはこのなかの誰かに工場を持たせて独立させようとも考えていた。

その大切な「子ども」のひとりを、工場火災で失ってしまったのだ。

あれが、自分の実の子どもだったらどうだったのだろうかと考えることもあった。余所様《よそさま》の子であるだけに、責任を果たせなかったことが、余計に心に重くのしかかっていたのである。

源三郎と作造はお互いに目を離さない。突然、源三郎は、作造の前に膝行《しっこう》ですり寄り、そのまま額を畳の上にこすりつけた。

ほとんど言葉にはならない嗚咽《おえつ》のような声を上げて、額を何度も畳に擦り付けたのだった。

傍《はた》から見れば、芝居がかった仕草にみえたかもしれない。

作造は、最初は少し戸惑《とまど》ったような様子だったが、源三郎がいつまでも額を畳に擦り付けたまま身体を震わせているのを見て、思わず両手を差出し、源三郎に頭を上げるように促した。

結局、二人に会話はなかった。

「百万言費《つい》やそうが、起きたことを無かったことにすることはできない」

焼香の列の最後尾からこの光景をじっと見ていた駒井鉄雄は、後に、俺にそう語った。


あの日のことは、駒井鉄雄にとっては生涯忘れぬ光景となったという。

帰りの車の中でも源三郎はほとんど無言だったが、一度だけ、「謝って済むことと、済まないことがある」と呟いたのを覚えている。

人生には、取り返しのつかないことがあり、償いようのない過失があり、やり場のない怒りや悲しみというものがあるということだ。

しかし、そういったことを理解するには、駒井鉄雄はまだ幼すぎた。

日ごろは豪放磊落《ごうほうらいらく》、活動的な父親が一回り小さく見え、なんだか情けなく、同時に父親の職業はなんだか割に合わないとも感じたのだった。

別に本人が悪いわけではないのに、こんなふうに謝らなくてはならない社長というのはやはり損な役回りだと感じていたのだ。それでも、駒井家の長男として生まれた鉄雄は、自分もやがては父の会社を継いで社長をやることになるのだろうと予感していた。

幼かった鉄雄には、あのときなぜ父親が鉄雄を連れていったのかを推《お》し量《はか》る術もなかったのだが、後年、「やはりあれは、俺に対して何かを教えるつもりだったのだろう」と述懐した。自分の一番弱く、みじめな姿を見せることで、父親は鉄雄にお前が後継者としてこの辛さを引き継げと語っていたというのである。

鉄雄には弟がいたが、父親は弟にはけっしてこのような姿を見せたことはなかった。だから弟の目に映っていた父親像は、唯我独尊、絵に描いたような頑固一徹で、なんでも自分で決めて、てきぱきと物事をすすめていく歴史上の英雄のような人物であった。弟は長じるまで、自らすすんでこの立派過ぎる父親に近寄ろうとはしなかった。

駒井鉄雄は、権威主義の権化《ごんげ》のような父親といえども、いかんともしがたいものがあるのだということを、あの葬儀の日に学んだのだ。

この駒井兄弟の父親に対する感覚の違いは、俺たち兄弟の場合もほとんど同じである。

ただ、駒井は学生時代にさんざん放蕩《ほうとう》を尽くした後に、父親が期待した通りに事業を継いでやがては社長になった。

しかし、俺はそうではなかった。俺は工場を逃げ出したのである。

伊澤寛太が語ったこと

伊澤の父親富太郎は、レンズの原型にあたる光学原器を作る職人だった。

大正生まれだったが戦争には行っていない。

伊澤も、その兄も、父親がなぜ戦争に行かなかったのかについての詳細を知らない。

「お父さんにはどこか人間離れしたところがあり、神様がついているので、国も、神様を徴兵することを憚《はばか》ったんだよ」

信心深い母親はいつもこんなことを言っていた。

俄《にわ》かには信じがたいが、実際に身体に欠陥があるわけでもなければ、徴兵を忌避するような思想の持ち主でもなかった伊澤富太郎のもとには、なぜか赤紙が届かなかった。

富太郎の妻、つまり伊澤の母親であるフミによれば、富太郎はモダンボーイであり、集合写真などに写っていても、誰でもひと目で富太郎を見分けることができたということである。富太郎ひとり、後光がさしたように浮き上がっていると言うのである。

後年、俺も社員旅行での集合写真を見たのだが、確かに伊澤の父親は、白皙《はくせき》の美青年ではあったが、後光がさしているような気配はなかった。

ただ、まっすぐにカメラを見つめる眼光には、並はずれた一途さというようなものが感じられた。

伊澤の父親も、母親も、どこか浮世離れしたところがあったのだ。

大森駅近くにあった富田光学が、富太郎の職場だった。東京大空襲で焼け野原になった大田区で、職を探して町を彷徨していたとき、大森駅近くに自分と同じ名前の会社があったので、その門を敲《たた》いたという。

最初は営業の手伝いということで、先輩の社員について客回りをしていたのだが、そのうち、光学原器の製作に従事することになった。レンズの原器になる測定器の製造だが、もともと手先が器用で、黙々とひとつの作業を続ける忍耐力があった富太郎は、すぐに一目置かれる存在となった。

よほどこの仕事が向いていたのだろう。富太郎はみるみる腕を上げ、レンズ原器の神様とよばれるようになるまでに、そう長い時間はかからなかったのである。

富田光学の社長の紹介によって、妻フミを娶《めと》り、すぐに二男一女をもうけた。その次男坊が伊澤寛太である。


ある夏の夕刻のことだった。ふらふらと多摩川の河原を彷徨っていた伊澤は、自分が風景の中に溶け込んでいってしまうのではないかと錯覚した。迷い犬のように、河原の葦《あし》の茂みのなかに迷い込んで、身動きができなくなっている自分を想像した。土堤に腰かけて、暮れなずんでいく多摩川の黒々とした流れを眺めていると、土堤下のグラウンドでは野球を終えた少年たちが帰り支度をしていた。

伊澤には、野球に誘ってくれるような仲間はいなかった。近所に螺鈿《らでん》職人が住んでいて、いつもその職人の工房に入り浸っていた。螺鈿職人には、伊澤と同い年の長男がおり、伊澤とその長男に絵を教えてくれた。

元々は日本画家を目指していたと言う職人は、息子たちに自分の夢を託すような気持ちがあったのだろう。そのお陰で、伊澤も、螺鈿職人の長男も、小学校高学年になる頃には、いっぱしの絵描きのような作品をつくれるようになっていた。

伊澤は、自分があの野球少年たちとはまったく違った人生を送ることになると、漠然と感じていた。しかし、だからといって絵描きになるとも思ってはいなかった。何ものにもなりたくない、というのがこの頃の伊澤の偽《いつわ》らざる気持ちだった。何ものでもない何か。それは何だろうかと考えると、すこし胸の鼓動が高まった。

多摩川土堤から戻り、実家の引き戸の前に立つと、母親フミの声が聞こえてきた。声とはいっても、誰かと会話をしている声ではない。伊澤の母親フミはかつて、成田山新勝寺《なりたさんしんしょうじ》に通う熱心な真言宗の信者だった。しかし、ある事件がきっかけになって新興宗教である辛言会の熱烈な信者へと改宗した。そして、その事件以後、時間があればほとんどの時間を、念仏を唱えて過ごす毎日だった。

念仏を聞いているうちに、時間があの事件の日まで巻き戻される気がした。

それまでの伊澤の家族は、赤貧洗うがごとき生活だったが、幸いにも身体だけは健康で、お互いがお互いを信頼している平凡で平和な暮らしをしていた。家族が団結しなければ、貧しさと闘うことはできない。逆に言えば、貧しさがこの時代の家族に貴重な一体感と、日に日を継いで行くための工夫を与えていた。家族が集《つど》う四畳半は平和で安全な砦《とりで》のようなものであった。そして家族の誰もが、明日の暮らし向きは、今日より少しはよくなるはずだと信じることができた。

あの事件が起きるまでは。

事件のあった日、伊澤が家にもどると、祖母の前で母親が涙を流しながら「オレが悪かった」と何度も何度も繰り返した。

伊澤が母親の涙を見たのは、このときが最初で、そして最後だった。


その日、末の妹であるたか子は、暗くなっても家に帰ってこなかった。

いつもなら、ほったらかしにしておいても、夕飯の頃までには、子どもたち全員が家に戻っているはずだった。

たか子は、友だちと光明寺《こうみようじ》の池で見つけた一匹の猫をどうしたものかと思案していた。家に連れて帰れば、母親は怒るに決まっている。そのうち日が暮れてきて、とりあえずは、友だちが家に連れて帰るということになり、光明寺から帰ることにした。

帰り道、頭から猫の姿が離れない。

ちょうど目蒲線の鵜《う》ノ木《き》駅近くの踏切を渡って後ろを振り返ったときに、一匹の野良猫と目が合った。それは、友だちが連れて帰ったはずの野良猫だった。

たか子は、頭の中がカッと熱くなり、自分でもよくわからないまま、猫の方へと走り出した。鵜ノ木駅を発車した目蒲線がすぐ近くに接近していたことには、まったく気が付かなかった。


その日は、伊澤寛太が通う小学校の遠足の日にあたっていた。山梨県の河口湖を出発した帰りのバスが新宿で環状七号線に入ったときは、日がほとんど暮れかかっていた。渋滞に巻き込まれたバスは、予定の時刻を大幅に遅れていた。途中、トイレのために、パーキングエリアで停車しなければならなかった。バスの最前列に座っていた担任の教師が、ふり返って伊澤に手招きした。その顔には、この教師がかつて一度も見せたことのないような複雑な陰影があった。

「伊澤、ちょっと来い」

「なにがあったんですか」

「いや、落ち着いて聞いてくれ。さきほど、学校へ連絡したら、目蒲線で事故があったということだ。まだはっきりとはしないのだけど、どうやら、お前の妹が、事故に巻き込まれたらしい。今からバスを降りて、タクシーに乗り換える。先生も一緒にお前の家へ行く」

一瞬、事情が呑み込めなかった。

あの踏切ではつい二ヶ月ほど前、ひとが飛び込んで大騒ぎになったことがあった。そのとき伊澤は現場を見に行こうとしたが、母親に止められた。後に、切断された胴体と、脚が線路の上に転がっていたという噂が広がった。見に行かなくてよかったと、伊澤は思った。

そんな悲惨な事故が、まさか自分の妹の身に起きるなどとは考えたくもない。でも、担任が言ったのは、そういうことじゃないのか。

タクシーの中で伊澤寛太は、たか子のことを思った。母親の顔と父親の顔が、交互に頭の中を巡った。

遠足のバスが、小学校前で止まり、生徒たちは一旦校庭に集合することになった。

小学校の担任の吉田先生と伊澤は途中でバスを降り、タクシーに乗り換えて鵜ノ木駅前で下車し、薄暗い道を歩いて伊澤の家へと急いだ。

踏切付近では、警察の実況見分が行われており、近所の物見高い連中もまだ残っていて、大きな事故が起きたことを物語っていた。

その踏切の先に、伊澤の家があった。

担任の吉田先生は怒ったような顔をして、伊澤を抱きかかえるようにして踏切を渡った。吉田先生は、周囲に集まっていたひとたちの視線が、ふたりに注がれているのを、痛いほど感じていた。

上空からカラスが舞い降りてきて、線路脇で腐りかけていた残飯をついばんでいる。しばらくすると、カラスは割り箸のようなものをくわえたまま飛び去っていった。

ふたりは、伊澤の家の前で少し、立ち止まったが、意を決したようにして家の門を入り、引き戸をそっと引いた。

伊澤の小さな家は、玄関を入れば、六畳の居間が控えているが、それ以外には便所や台所があるだけである。伊澤の一家五人と祖母はこの六畳の部屋で食事をし、夜は布団を敷いて寝ていた。

その六畳間の右手に手作りのように突き出した木組みの小屋があり、そこが父親の仕事場になっていた。それは絵に描いたような貧しい光景であった。富太郎も、フミも、そして伊澤寛太も、貧しさを気にかけることはなかった。もともと、金に頓着しない性格だった。一家が平和に暮らせれば、それで十分であり、それ以上の贅沢を望むことはなかった。父親の技術に、近隣の光学機器大手が目をつけ、一気に仕事量が増えたために隣の敷地にバラックを建て有限会社伊澤光学の看板を掲げたのは、この事故から数ヶ月後のことである。

担任の吉田先生と伊澤の目に、最初に飛び込んできたのは、思わぬ光景だった。伊澤の母親が「オレが悪かった、オレが悪かった」と呪文のように繰り返している姿である。

母親の前には、祖母が呆《ほう》けたようにへたり込んでいる姿があった。

父親の富太郎の姿は、見えなかった。

仕事場ももちろん無人で、家全体がこの世界から見放された場所のように、静寂に包まれていた。

「オレが悪かった」という母親の小さな声だけが、薄暗い部屋の中に響いていたのを、伊澤は後々まで記憶することになる。

その数日後に、伊澤の母親はそれまで信心していた成田山ではなく、蒲田の老祈禱師《きとうし》のところへ毎日通い始めるようになったのだ。拝む相手を間違えたと、思うのも無理はなかった。この老祈禱師を囲む会が発展して、後の宗教団体辛言会になった。

伊澤は、いったんは家の中に入ろうとしたが、そのままくるりと踵《きびす》を返して多摩川の方向へ駆け出した。

そうするよりほかに、何もすることができなかった。

伊澤は、わけもわからずに、多摩川土堤に向かって走っていた。

懸命に走っていた。

途中で、犬の散歩をしている顔見知りの主婦とすれ違ったとき、主婦が何か声をかけようとしたが、声にはならず、そのまま伊澤が走る後ろ姿を見送った。伊澤のあまりの形相に、声をかけられなかったのだ。

伊澤は、走ってへとへとになれば、今日起きたことが消えてしまうと思いたかった。今日の出来事は夢で、その夢から覚めてしまえば、嫌な夢を見たで済んでしまう。絶望の中で祈るような気持ちである。

とにかく、何かを追い払うかのように多摩川土堤に着くと、土堤の上に作られた歩道を走り続けた。

多摩川はいつものように、静かにゆるやかに、流れていた。

あたりはすでに、暗くなっていた。川辺の葦が初秋の風にそよいでいる。

伊澤はしかし、風景を見ることもなく、ただ走り続けたのだった。

そのまま、自分が消えてしまえばよいという気持ちだった。

なにもかもが、消えてしまえばよい……。

そして、走りながらふと目を上げると、その先に、多摩川の流れを呆然と見つめながら佇《たたず》む父親富太郎の背中が見えた。

富太郎もまた、家にじっとしていることができなかったのだ。

人生には、どうすることもできないことがある。伊澤寛太も、その父親の富太郎も、そうした事実を簡単に受け入れることはできなかった。

夕闇が迫り、対岸のビルの明かりが川面に反射して揺れている。

富太郎は、土堤の上に立ったまま、川の流れを見つめ続けていた。

そして、寛太もまたその父親の姿を見つめ続けるほかはなかった。

初めて聞く駒井鉄雄と伊澤寛太の話はどちらも強烈な印象を俺に残した。彼らが経験してきた災厄や、彼らの悲しみは、俺にも共通するものがあった。

俺は、父親がパワープレスで二度大怪我をしたときのことを覚えている。父親の片方の掌には指が三本しか残っていない。工場の片隅には、砂の入ったドラム缶が置かれていた。指塚である。ここに、父親や、工員の切断された指が埋まっている。この時代のプレス屋で、指の切断は日常茶飯事であった。効率を上げるために、プレス機械の安全装置のスイッチを切って作業していたからである。指を落としたときの保険金で、父親の会社の経営は一息つくことができた。父親がそう言って笑うのを聞いて、俺は自分がどんなところで暮らしているのかが身に沁《し》みて、絶望的な気持ちになった。

あの頃、俺たちの前には死があたりまえのように、転がっていた。無残な行き場のない死が、町のいたるところに影のようにへばりついていた。死は怯《おび》えや、畏《おそ》れの対象である前に、日常的な風景の一部だった。

それだけではない。俺たちは、日常的に何かを殺しながら生きていた。俺たちの住んでいた近所には、光明寺という寺があり、その裏にはザリガニや蛙が生息する沼地があった。

俺たちは、ザリガニをとるために、蛙をつかまえて殺し、八つ裂きにしてその肉片の一部をタコ糸の先に縛り付けて沼に垂らした。

そうするとすぐに何匹かのザリガニがその蛙の肉片に群がってきて、釣り上がるのだ。

今度は、捕まえたザリガニの尻尾の部分の肉を餌にしてザリガニを釣った。蛙がつかまえられないときには、最初のザリガニが犠牲になった。

食卓に並んだ質素な食事の上では、大量の蠅が舞っていた。

町内会では、殺した蠅を五〇匹持っていけば、飴玉と交換してくれるというキャンペーンをしていた。俺は、毎日蠅を殺して、マッチ箱の中にその死骸を並べた。

そして、死んだ蠅の数を数えてから、五〇匹ずつを一まとめにして、路地裏にある町内会委員の軒先に持ってゆく。そして、五〇匹の死が、一個の飴玉と交換されるのを待っていた。

死が、飴玉と交換される時代だったのだ。

15『風都市伝説――1970年代の街とロックの記憶から』（音楽出版社）は、北中正和が様々なミュージシャンにインタビューし、ロック&ポップスの新しい風が吹き始める前夜の様子を伝えている。当時の空気を知るものにとって、あがた森魚、鈴木慶一、鈴木茂、細野晴臣、松任谷由実、山下洋輔などの証言は懐かしくもあり、新鮮でもある。

16『ライク・ア・ローリングストーン』（岩波書店）今井聖著。俳句少年漂流記と副題がついている同書のなかに、「ライオン」や「BYG」の記述を見て、今井聖という俳人のすべてが分かったような気持ちになった。彼が同書を送ってくれた封筒には、筆者もよく通った「樽や」のマッチが入っていた。

二〇二二—偶然の旅行者

大井町—羽田浦ルートを歩く

同窓会で再会した、駒井鉄雄、伊澤寛太と俺は以後、毎日のように会っていた。俺の実家で鍋を囲んだり、映画を観たり、駒井の豪邸で奥さんの手料理をご馳走になったりするのは、実に楽しい時間であった。

誰から言い出したのか、俺たちは、三人でかつて俺たちが育った町や隣町の商店街や、路地裏、神社を散策し、その由来や歴史を調べた。

実家からほど近い場所で、まだ探索していない場所があった。

「あそこに、昔、遊郭があっただろ、あれちょっと調べてみないか」と駒井が言った。

なぜか駒井は、遊郭に強い興味を抱いているようだった。

「そういえば、俺のところに昔の動画があるから、一度観てみよう。新田《にった》遊郭が映り込んでいるかもしれない」

駒井は、古い本やレコードがぎっしり詰まっている納屋から、八ミリフィルムの束を引っ張り出してきた。武蔵新田《むさしにった》というラベルが貼られたフィルムを映写機で映し出してみると、一瞬だが新田遊郭のアーチが映っていた。現在は失われてしまった光景を眺めながら、俺は自分が高揚してくるのがわかった。俺たちが生まれて間もない頃の町のなかで動いている人影の中に、俺の知っている人物が映り込んでいるかもしれないと思うと、少し興奮した。

武蔵新田駅から歩き出し、新田神社にお参りして、かつて遊郭のあった路地裏の通りを歩いた後、俺は駒井と次にどこを歩こうかと話し合った。これで勢いがついた俺たちは、自分たちの周囲にある商店街や川沿いの道を毎日のように探索した。知っていると思っていた町は、実際に歩いてみると、異国の町を歩いていると錯覚しそうなほど新鮮な驚きを与えてくれた。

駒井は町歩きに興味津々だったが、伊澤はそれほどでもない様子だった。ただ、俺たちと一緒にワイワイ騒いでいるのが楽しいと思っていただけかもしれない。太鼓腹の伊澤にとって、坂道の多い大田区の町を歩くのはかなりしんどいことだっただろう。何にでも興味を示す駒井と俺が、どんどん先に進んで行くと、伊澤は汗を拭きながら「ちょっと待ってくれよ」「冷たいビール、ビール」と言いながら追いついてくるのが常であった。

この隣町散歩のとき、もう少し遠方へ足を延ばそうということになった。

俺は前もって、一本のビデオを二人に渡していた。

ビデオには一九八四年にＮＨＫで放送されたドラマ『羽田浦地図《はねだうら》』が収録されていた。主演の旋盤職人茂木を緒形拳《おがたけん》が好演している。佐藤オリエが工場主の娘の役で、ひそかに緒形拳演じる茂木に恋心を抱いているが言い出せるはずもない。工場主の娘と、腕はたつが一介《いっかい》の渡り職人である茂木との間には、恋愛は高いハードルである。そもそも、茂木には同居している女がいる。工場主の娘の父親の、かつての情婦と一緒に暮らしているのである。その情婦とは、工場主がかつて捨てた大井遊郭の遊女だった女だ。

その女のことなどすっかり忘れ去っている工場主が、癌に侵され、茂木に後のことは頼むと言い残してあっさり他界してしまう。工場主の娘が頼れるのは茂木しかいなくなってしまった。

ドラマは、近代化に後《おく》れをとり、窮地に立たされた町工場と、その町工場を立て直すためにほとんど贈与的な貢献をする職人をめぐって、義理と人情と愛欲がからんで複雑な展開を見せることになる。

このドラマの舞台になった東糀谷一帯は、現在も工場が立ち並んでいるが、戦前から戦後にかけては海浜であり、海苔と魚介で生計を立てている家がほとんどであった。

地面を掘り返せば、今でもたくさんの貝殻が出てくる。

工場主の娘と深い関係になってしまい、取引先からの圧力でにっちもさっちもいかなくなった茂木が、海老取川《えびとりかわ》の堤防の上を、かつてそこで採れた幾種類もの魚の名前を呪文のように唱えながらとぼとぼと歩くシーンがある。

「いわし、しらうお、さわら、あじ、さめ、しまあじ、たなご、きす、うごい、めだい……いなぼら、いか、さより、かさご、このしろ、こはだ、あなご、こち、せいご、いしだい、ざこ……」

男は敗色濃厚な戦いを続けなくてはならないが、言葉巧みに自分の置かれた状況を説明することができない。元々不器用なのだ。できるのは、ここでかつて採れた魚の名前を呟きながら歩くことだけである。にっちもさっちもいかなくなったとき、人は受け継がれるところのない不透明な痛みの連禱《れんとう》をするしかない。

このドラマの原作は大田区の町工場を舞台に、すぐれた小説やルポを書いてきた小関《こせき》智弘《ともひろ》の『羽田浦地図』と『鋳色の町』の二つである。脚本家の池端俊策《いけはたしゅんさく》は、この二つの作品を一つにまとめる形でドラマを作った。

俺は、自分が書いている本の取材で一度、小関智弘に会ったことがあった。

昭和三〇年代の、蒲田周辺の工場労働者が何を考え、どんなふうに暮らしていたのか教えてもらうために、時間を割いてもらったのだ。そして、数日後、小関から一枚のDVDが送られてきた。それが、このテレビ版『羽田浦地図』だった。

DVDを友人のふたりに渡してから、ほどなくすると、駒井から電話がかかってきた。

「観たぞ。すごいな。俺たちが生きてきた町も時間もあの中にそっくり映り込んでいる！」

このとき、俺は、やはり駒井はあのドラマにはまったなと思いながらひとつの提案をしてみたのだった。「あそこへ行ってみよう」

駒井はなぜか、自分たちの身体に染み付いた共通の匂いを探るための町歩きに異常ともいえる興味を示した。その興味の源泉がどこにあるのか俺にはまだよくわからなかった。

俺の提案に伊澤寛太は、最初はあまり乗り気ではなかったが、駒井が言ったひとことが、伊澤の画趣を突き動かした。

「なあ、寛太、伊澤寛太画伯。お前はポップアートみたいなものを描き続けているけど、何かが足りないと俺は思う。俺たちが生まれ育ったルーツのような場所を、もう一度お前に見てもらいたい。お前のアートに足りないのは錆だと思うよ」

さすがは、名経営者である。このひとことで、伊澤が動き出した。以後、伊澤は猛然と錆をテーマにした作品を作り始めたのである。

俺たち三人が揃って強く惹かれたのは、この原作のタイトルである「錆色の町」という言葉の響きだった。俺たちは、町工場の倅として、「錆色」が何を意味しているのかについて瞬間的に理解したのだ。小関智弘の作品はこう結ばれていた。

「春は、鉄までが匂った」

発表当時、議論を呼んだエンディングで、この小説が直木賞の候補になったとき、審査員のひとりが、「鉄が匂うはずがない」と主張したという。しかし、俺たちは鉄の匂いを知っている。なぜなら、俺たちは工場の子どもだからだ。

俺は、もはや俺たちの現在の住処の周辺には存在していない「錆色」をもう一度見てみたいという衝動にかられた。そして、もう一度あの匂いの中に入って行きたいと思った。

日本橋を起点とする旧東海道は、現在の第一京浜国道に沿って品川方面に延びている。品川の八ッ山《やつやま》橋あたりで第一京浜国道と交差する。品川宿を過ぎ、平和島を過ぎ、大森、梅屋敷、蒲田付近で呑川《のみがわ》を渡る。

しかし、同方面への車は、ほとんどが旧東海道に並行して走る第一京浜国道を用いるので、旧東海道は都心の真ん中にある割には、混雑もなく静かな通りになっている。街道沿いには往時を偲《しの》ばせる板塀の仕舞屋《しもたや》が立ち並んでいる。現在も、この道は昭和の時代のままである。

現在の大井町駅前は再開発が進んで、かつての景観はすっかり様変わりしている。近隣にイトーヨーカドーなどが立ち並び、駅舎も近代的なものに建て替えられている。昭和三〇年代は、場末《ばすえ》の雰囲気ながら、活気のある商店が並び、路地裏には深夜まで灯がともされ、酔客を引き寄せる怪しげな店もあった。

駅前の近代化の煽りで、かつて栄えた路地裏は、うらぶれた、落魄《らくはく》した町になっている。大井町は、もともとは、古くから栄えた海に接した宿場町で、「延喜式《えんぎしき》」という平安時代の法令にもその名が記されているほど歴史がある町なのだ。

落語や講談でもおなじみの鈴ケ森《すずがもり》刑場が有名だが、戦後まもなく、大井競馬場や、大井埠頭が整備され、近隣に工場が多いことなどから多くの労働者が棲みつく町として賑わいを見せた。落魄したとはいえ、迷路のような路地裏には、今も飲み屋や小料理屋が軒を並べており、いったんこの路地裏に迷い込めば、一気に時代を半世紀ほど遡ったような気持ちになる。

「この辺りも、随分変わったな」

俺はそう呟いたが、以前の町並みを知っていたわけではなかった。何となく、そんな感じがしたのである。

「町が変わっていってしまう原因は何だと思う」

俺はふたりに訊いてみた。

「よくはわからないけれど、マンションの乱立というのが大きいんじゃないのか」というのが駒井の答えだった。伊澤は、町の変化とか社会の移り変わりといった話題には、あまり興味がないようであった。この男は、いつも俺や、駒井とは見ているものが違う。今にも壊れそうな廃屋や、路傍でペシャンコになって干からびている小動物に異様な興味を示すのは、やはり画家だからだろうか。

駒井が言うように、確かに、マンションに移り住んできた若い家族の生活様式は、以前からこの町に暮らしていた住民とは違うものになる。渋谷、新宿、丸の内みたいなところで働いているホワイトカラーは、外食が多くなるし、商店街で毎日決まった時間に買い物をするということもないのかもしれない。

俺の母親は、毎日毎日、決まった時間に商店街に、その日の食材の買い出しに出かけていた。冷蔵庫のなかった時代に始まったこの習慣は、家に大型冷蔵庫が入ってからも続けていた。

そんなことを考えながら、俺たちは、大井町の横丁の飲み屋街を抜け、東大井方面へ向かった。木の芽《こめ》坂を下り、ＪＲ京浜東北線の東側にある第一京浜国道を横切り、京浜急行の踏切を渡れば、京浜運河の支流である勝島《かつしま》運河に突き当たる。風が潮の匂いを運んでくる。ここから先は、進路を南に変え、旧東海道へと入る。

しばらく歩くと、街道脇にひっそりと、しかし重厚な日本建築の蕎麦屋があった。老舗店の吉田家である。

俺たちはお互いに目で合図をして、当然のように蕎麦屋の暖簾《のれん》をくぐり、鯉が泳いでいる池庭《いけにわ》が見える部屋に座った。

「もりそば三枚ね」

店員が近づいてくると駒井は俺たちに訊くでもなく即座に注文を出した。いつも同じだ。

「それから、熱燗《あつかん》三合も」

俺たちは、これから歩いていく先にある羽田浦の風景に思いをはせながら蕎麦をすすり、酒を酌み交わした。酒がまわるにつれて、俺たちは、共通の話題である、自分たちの少年時代について語り始めた。そこにはいつも工場の風景があった。

池庭の鯉がぱくぱく口を開けているのが見える。酒に強くない俺は、一気に酔いが回ってしまう。酩酊の中で、俺は現代の日本からタイムスリップして、一九六〇年代の東京の町へ入り込んでしまう錯覚に囚《とら》われた。

夢の中で、俺はパワープレスが単調なリズムで金属板を型抜きする音や、旋盤がブンブンと回転音をあげている工場の前に立っていた。コンクリートで塗り固められた工場脇の敷地には、ドラム缶が並べられていた。そのなかには、細く光ってクルクル丸まったテープのような形の、旋盤が削り取った切粉が積み上げられていた。ドラム缶の底から、金属の錆を含んだ切削油がこぼれ出てコンクリートの敷地を茶色に染めていた。太陽の光が差し込むと、茶色の滲みは虹色に輝いた。

品川の蕎麦屋を出た俺たちは、刑場跡を抜けて、南下し、汗と油によごれたあの町を目指した。

俺たちの目的地は、以前テレビで放映されたNHKドラマ『羽田浦地図』の舞台になった、羽田空港にほど近いところにある工場の町である。地図を広げると、大森東、糀谷といった地名が目に入ってくる。ここは、ゆるやかに流れをつくる呑川の最下流にあたる場所である。二〇一六年版のゴジラ映画『シン・ゴジラ』では、魚類から両生類に変化したゴジラがこの川を遡るように、東京の中心部へ向かっていった。このゴジラ第二形態と呼ばれる幼虫は、蒲田に上陸したことから「蒲田くん」の愛称で呼ばれることになった。

俺たちは、ゴジラが上陸してきたルートをちょうど逆行するように羽田浦に向かって歩いていた。

映画の中では、呑川に架かる橋は壊され、街はズタズタに破壊されていったが、俺たちが歩いている工場の町は、歴史の中に沈んでしまいそうになりながらも、今日まで生き続けている。俺たち、つまり駒井も、伊澤も、俺も、その工場町と似たような工場町で生まれ育った工場の子なのだ。駒井の父親が創業した工場は、その羽田浦に近い糀谷の工場町の一角にあるはずである。通り沿いの風景が少しずつ変化し、工場や倉庫が目立つようになった。だが、駒井の父親の工場はなかなか見つからない。

幾つかの橋を渡ると、これぞ工場の町といった路地に出た。

舗装された道の両側に、プレス工場や鋳物工場、鉄工所が並んでいる。工場の庭に、洗濯物が干してあり、乾いたたくさんの軍手が風に揺れている。多くの工場は機械を止めている。この日が休日だったからである。それでもいくつかの工場で、職人たちが働く姿が見える。工場の門の脇に並んでいるドラム缶から、クルクル巻かれた切り屑が今にも飛び出しそうな様子が見える。そして、並べられたドラム缶の下から切り屑の錆を含んだ雨水が道の上に流れ出た跡が付いている。雨水は、道路を茶色に染め、太陽の光の加減で、ところどころ虹色に輝く。錆色の道である。

これだ、と俺は思った。この光景こそが、俺たちの記憶に焼き付けられた錆色の町なのだ。

俺たちは、その光景を目に焼き付けて、その場を離れた。

もうこれで、任務は完了だ。

さあ、帰ろうかというときに、駒井が言った。

「確かこの辺りじゃないかな」

工場が並んでいる路地を抜けて、アパートが立ち並んでいる場所をじっと眺めている。入り組んだ道が交差している場所に、三角形の空き地があり、そこだけ土が剝《む》き出《だ》しになっていた。そして、そこには場違いのように大きな銀杏《いちょう》の木が立っていた。銀杏の木の下だけが丸い日陰になっており、根っこのところでトラ猫が一匹まどろんでいた。

「あの木だな。工場のすぐ近くに、大きな銀杏の木が立っていたのを覚えている。工場の横に空き地があって、そこにある大銀杏の木の下で、俺は父親の仕事が終わるまで待っていたんだよ。秋になると、銀杏の木は鮮やかな黄色に変色するんだ」

駒井の頭の中で、散乱していた積み木が少しずつあるべき位置に収まって行くように、切れ切れだった記憶の断片が一つの形になって行くのがわかる。確かにその場所は、駒井の父親が創業した場所だった。そして、工場は火事で焼失してしまい、会社は、危機的な状況に陥った。その後、新たな場所で見事に工場を再建できたのは、何事にも挫《くじ》けない駒井の父親の並外れた奮闘と、折からの高度経済成長の波があったからである。

今は、駒井精密機器があった周囲に工場は残っておらず、新興住宅が軒を並べているだけの風景に変わっていた。道の形も変わらないし、銀杏の木もそのままだが、風景はまったく違うものになっている。

駒井はしばらく辺りを眺めていたが、もういいだろうという顔になり、「もう少しこの辺りを歩いてみよう」と言った。空き地に寝転んでいた猫が、我関《われかん》せずといった風情で路地裏へと消えていった。

二〇二二——結末

美術館の出会い

二〇二二年の夏、伊澤から一通のハガキが俺のもとに届けられた。

そこには、近く、大田区在住の画家と写真家による作品展が開かれることが記されていた。

伊澤のハガキには、「昭和—忘れられた街角」と題された作品展に、伊澤寛太の作品が数点ほど展示されるので、観にきてくれと書かれていた。

中学校のクラスメートにも同様のハガキを送ったので、同窓会みたいになるかもしれないとも書かれていた。

会場は、蒲田の駅から数分のところに新しくできた、大田美術館である。大田区には、世田谷美術館のような大型の美術館がなかったが、駅前に会議場がつくられた際に、美術館が併設されることになった[17]。

大田区に美術館を作るのは伊澤の夢であった。伊澤は自分たちが生まれた町に美術館がないことを、嘆いていたが、やっと念願が叶ったのである。そのこけら落としともいうべき、最初の特集が、同じ場所にかつて在って、蒲田の象徴的な存在であった松竹蒲田撮影所や「黒澤村《くろさわ》」理想工場を偲《しの》ぶ絵画展であった。

大井町駅に集合して、羽田浦を目指す町の探索をする前に、俺たちはもう一つのプロジェクトを始めていた。それは、蒲田を舞台にした小津安二郎の戦前のサイレント映画の傑作『大人の見る繪本《えほん》　生れてはみたけれど』のロケ地を突き止めるというものであった。たまたま俺がその映画を観ていて、見慣れた池上線沿線の戦前の風景が映り込んでいることに興味を持ったのがはじまりだった。この戦前のサイレント映画の中では、池上線が何度も何度も画面を横切っていった。小津安二郎に関係した書籍のなかにも、小津は池上線沿線をロケしてこの作品を完成させたと書かれていた。

俺は、池上線の走行シーンを何度も見ているうちに、ちょっとした違和感を覚えるようになった。物心がついてから、毎日のように眺めていた池上線の風景とは違うものがそこに映り込んでいたからである。

俺は自分が覚えた違和感を、同じ町で育った駒井鉄雄と伊澤寛太にぶつけてみた。彼らと一緒に俺の部屋で、何度かこの作品を見返すうちに、駒井が「ここには、池上線と目蒲線のふたつの電車が映っている」と言ったのである。目蒲線とは、同じ蒲田駅を始発とし、池上線とほぼ平行に目黒に向かっている東急電鉄である。現在はすでに、別系統の路線になってしまい、目蒲線という路線は存在していない。

駒井のその発見から、俺たちはこの作品がどこでロケされたものなのかを究明しようじゃないかということになった。そして、ロケ地探訪の探索作業の中で、戦前昭和の蒲田という場所が、俺たちが知っている薄汚れた場末の町とはまったく別の顔を持っていたことを知ることになるのである。

戦前昭和、つまり満洲事変から日中戦争へと突入してゆく直前の時代の蒲田には、東京を代表するような近代的で、革新的な町並みが広がっていた。その代表は東口にある松竹蒲田撮影所だが、西口にも信じられないような、理想都市の計画がすすんでいた。

その立役者たちは、主にＹＭＣＡで知り合ったキリスト教徒たちで、この場所に教会を造り、学校を造り、花畑に囲まれたテニス場や広場を持つ工場を造った。その工場の周囲には教会と、当時としては最先端の建築工法で労働者の家族のための住宅が造られた。

戦前、タイプライターの輸入と修理の仕事をしていた黒澤貞次郎《ていじろう》は、帰国後、現在の蒲田操車場の辺りに二万坪の敷地を得て、黒澤商店（後の黒沢通信工業）を拠点とする黒澤村の建設を開始する。

黒澤貞次郎と昵懇《じっこん》であった絵草子《えぞうし》屋の老舗から出発し、陶器製造会社を興した大倉孫《おおくらまご》兵衛《べえ》もこの地に目をつけていた。黒澤は、黒澤村の隣に大倉陶園を設立しないかと誘ったのかもしれない。黒澤村と接するように、モダンな大倉陶園の施設が並んだ。これが日本を代表する陶器「オークラ」の母体である。そして、さらにその隣には、これまた日本を代表する江戸切子で有名なクリスタルメーカー、カガミクリスタルの工場が並ぶことになった。

こうして、蒲田は東の松竹蒲田撮影所、西の黒澤村、大倉陶園、カガミクリスタルを擁する理想都市の建設という追い風を受けて、日本で有数の近代的な場所になっていったのである。小津の戦前のサイレント映画には、当時の黒澤村が映り込んでいるものがある。

東口に松竹撮影所があったので、西口の黒澤村周辺は絶好のロケ地になったのである。

当時の蒲田駅西口のジオラマを製作したグループがあり、そのジオラマも、この美術館に展示されることになった。ジオラマは見事な出来栄えだった。その町が発している清々しい空気を感じながら、蒲田はこんなにも美しい町だったのかと改めて感心した。そして、何度かの開発が繰り返され、その度にどこにでもある、駅前のショッピングエリアに変わってしまう蒲田に恨み言の一つも言ってみたい気持ちになった。

戦前昭和の蒲田が、あれほど整然と美しい街並みになったのは、奇跡としか言いようがなかった。いや、黒澤貞次郎、大倉孫兵衛といった立志伝中の人物たちの涙ぐましい努力と情熱があったからこそ、それは実現したのである。彼らの心の清潔さが、そのまま町の形になっていったというべきかもしれない。今の時代は、そんな理想に燃える経営者を見つけるのは難しいだろう。

現在の東京の代表的な都市といえば、渋谷、新宿、池袋ということになるだろうが、戦前昭和の時代には、上野と蒲田が東京の中心であったことを覚えている世代はもういない。

俺の親父もまた、この蒲田を目指して、埼玉県から上京したのである。もっとも、父親が創業した場所は、蒲田駅から池上線で三つ目の千鳥町駅。そこは京浜工業地帯の外れにある薄汚れた町であった。

この度の「昭和—忘れられた街角」と題された作品展は、戦前昭和の、松竹蒲田撮影所や、黒澤村（黒澤の命名では「吾等《われら》が村」）の写真や、絵画、そして当時の蒲田を再現したジオラマを展示して、蒲田の栄光の歴史を回顧するというのがテーマであった。

展示されたジオラマには、俺たちがロケ地探訪をしたときに何度も歩き回った蒲田駅西口周辺の戦前昭和がそのまま再現されていた。

理想工場だった黒澤商店、大倉陶園、カガミクリスタル、そして小さな東急蒲田の木造駅舎。それまで、何度も航空写真で確認し、資料を読み、実際に路地に迷い込みながら歩き回った町が二メートル四方のジオラマの中に収まっていた。

ジオラマの中には、現実の戦前昭和の空気がそのまま保存され、しばらくの間、俺はその空気を吸って、小津の戦前の傑作『大人の見る繪本　生れてはみたけれど』のなかの兄弟たちが遊んだ、蒲田駅西口の原っぱを歩き回っているような気持ちになった。

その作品展と同時開催で、大田区在住の作家の作品もいくつか展示されていた。

そこには、俺が生まれ育った町に住んでいた女性写真家の作品も一〇点ほど展示されていた。戦後間もない時代、報道記者だった夫の影響もあって、彼女は趣味で写真撮影を始めた。俺が遊んだ「ジャングル」、俺が通った「切り通し」、そして路地でベエゴマに興じる子どもたちの姿がモノクロームの映像になって展示されていた。

子どもたちの集合写真の中では、ボロボロのシャツに半ズボンをはいた少年たちが、屈託のない笑顔でカメラの方を向いている。坊主頭で、前歯が虫歯で抜け落ちた口を大きく開けて笑っている少年を見ていると、思わず目頭が熱くなる。

それは、ほとんど小学校低学年の頃の俺の姿だった。

写真の中の何人が今も健在で生きているのだろうか。俺は、唐突に、かつて何度も反《はん》芻《すう》した思想家、吉本隆明の言葉を思い出していた。

「結婚して子供を生み、そして、子供に背《そむ》かれ、老いてくたばって死ぬ、そういう生活者をもしも想定できるならば、そういう生活の仕方をして生涯を終える者が、いちばん価値がある存在なんだ」（『敗北の構造—吉本隆明講演集』弓立社より）

会社を始めた二〇代の終わり、俺は自分がビジネスの世界を続けることに躊躇していた。そんな人生は面白くないと思っていた。しかし、この言葉を読んで、俺はそれまで続けていた詩や小説で身を立てることを断念したのだった。そして、それまで書き綴ってきたノートを工場の焼却炉の中に投げ込んだ。それから俺は本格的に会社経営にのめり込んでいった。しかし、会社経営は俺が本当にやりたかったことではなかった。俺に、そのことがわかるまでには、五〇年もの歳月が必要だった。

伊澤の作品は、出口付近に展示されていた。

その前には、見知った顔がいくつか並んでいた。同じ中学のクラスメートたちである。

「マルヲくん?」

と俺に声をかけてきたのは、知らない婆さんだった。白髪頭のテッペンが少し薄くなって、顔にはシミが目立つ。じっとその顔を見ていると、そこに思ってもいない顔が浮き上がった。

なんと、スミレちゃんだった。

小学校の最後の年、つまり俺が一二歳のとき、スミレちゃんと俺は同じそろばん塾に通っていた。スミレちゃんは俺よりも遅く塾に入ってきて、俺より先に二級に合格していた。そのスミレちゃんは中学生のときに珠算一級に合格し、中学を卒業すると俺とは違う高校に入学した。高校を卒業した後、丸の内の大きな会社の経理部に就職したことは、風の噂で聞いていた。そして、同じ会社の社員と恋愛結婚し、すぐに子どもができたということだった。俺にとって、スミレちゃんは憧れの存在であって、初恋の相手というようなものではなかった。

スミレちゃんは小学生の頃の、だれにでもあるような憧れの対象だった。真っ黒な長い髪が背中まで垂れていて、色白でスラリと背が高く、清楚なスミレちゃん。

残念だったのは、スミレちゃんが、俺に何の関心も持っていないことだった。その無関心に耐えて、彼女を思い続けるなんていう根気は俺にはなかった。

中学生になった俺は、他の小学校からやってきた色黒の女子、青山葉子に惹きつけられるようになっていった。彼女と俺は同じクラスになり、最初の学級委員の指名で、同じ全校生徒委員というものに選ばれた。全校生徒委員というのは、一年生から三年生までのすべてのクラスから二名ずつ選ばれ、全校生徒委員会で学校全体の問題について話し合う委員会だった。当然三年生が主導権を握っており、一年生はもっぱら先輩たちの意見を聞いて、それをノートして自分のクラスの生徒たちに伝える伝令役に過ぎなかった。全校生徒委員会は放課後行われ、夜になるまで続けられることもあった。

俺は、青山葉子とふたりで、夜道を歩いて帰るのがなによりの楽しみだった。そして、彼女を好きになると、もうスミレちゃんの面影は頭から綺麗に消え去ってしまっていた。

残念なのは、その青山葉子が好きだったのは俺ではなく、俺の親友だったことである。

つまり、俺はいつも独り相撲をとっては、土俵の外に押し出されていた。思わず俺は、周囲を見渡したが、青山葉子の姿はそこにはなかった。こういう偶然の同窓会では、会いたい人には会えず、思ってても見なかった人と出会うものである。

この日、目の前に現れた婆さんが、まさかスミレちゃんだとは思いもしなかった。それでも、話をしているうちに、少しずつ小学生の頃のスミレちゃんの面影が蘇《よみがえ》ってきた。俺は、人が歳を取るというのはこういうことなのかと思わずにはいられなかった。

何物にも染まらず、可憐《かれん》に咲いた花のようだったスミレちゃんだったが、このとき目の前にいたのはスミレちゃんと似ても似つかなかった彼女の母親にそっくりな、生活に疲れた、くたびれて、それでいてなお生命力を持ち続けている老いた野生動物を思わせる女だった。

それは、俺にも言えることだった。街を歩いているとき、ショウウインドウにブルドッグみたいな、腹の出た、惨めな年寄りの姿が映っている。俺だった。俺もまた夢見る美少年から、父親にそっくりな町工場の、枯れ果てた頑固ジジイの成れの果ての、ブルドッグのような顔をした爺いになっている。

誰でも、加齢とともに、自ら育ってきた環境の中に生息していた生き物に回帰してゆく。

まるで人類の進化を遡行《そこう》するように、野生動物の顔になり、最後は魚のような顔になって息を止める。

当たり前といえば、当たり前のことなのだが、歳月というものは美人であろうが美男であろうが分け隔てなく襲いかかってくる。

歳月は後戻りしない。誰にでも公平であり、残酷である。

「名乗れよ、歳月」と六〇年代に詩人の佐々木幹郎《ささきみきろう》は書いた。しかし歳月は名乗りはしない。その代わり、俺たちには思いもよらない、残酷なやり方で、誰にでも平等に襲いかかってくるのである。老いというものがどういうものなのか、それだけは老いてみなければわからない。

もし、この残酷な仕打ちから逃れることができるとすれば、それは夭折《ようせつ》したものだけである。いや、これを残酷だという俺の頭の方が、自然の摂理を受け入れることができず、自分の美意識をアップデートすることができないまま歳をとってしまったポンコツだったということなのかもしれない。

周囲を見渡すと、出自の野生動物に回帰した生き物たちがいくつかの小さな輪を作り、笑顔で昔を懐かしむ会話をしていた。

あの頃の憧れのスミレちゃんは、もうこの世には存在していない。毎日つるんで遊んでいた仲間たちもこの世には存在していない。

存在しているのは、歳月が少しずつ容姿を変形させ、皺《しわ》を刻《きざ》み、頭髪を薄くさせてなお、生きている別の生き物である。

それでも、この長い歳月を生き抜いてきたものたちのひとりとして、俺はこれまで感じてきたことのない幸福な気持ちを味わうことができた。

どうにもできないことに何度も遭遇しながらも、なんとかここまでやってきたこと。

本当に、なんとかここまでやってこられたのだ。それだけで充分じゃないかと思う。

どこにでもある町に生まれ、誰にでもある災厄を乗り越え、並外れたことなど一つもない平凡で退屈な日々を重ね、顔カタチが変形するまで生き抜いてきたことは、それだけで祝福に価《あたい》すると思いたい。

一九六四年、詩人の堀川正美《ほりかわまさみ》は、こんな詩を残した。

時代は感受性に運命をもたらす。

むきだしの純粋さがふたつに裂けてゆくとき
腕のながさよりもとおくから運命は
芯を一撃して決意をうながす。けれども
自分をつかいはたせるとき何がのこるだろう？

そしてこの詩はこんなふうに終わる。

きりくちはかがやく、猥褻《わいせつ》という言葉のすべすべの斜面で。
円熟する、自分の歳月をガラスのようにくだいて
わずかずつ円熟のへりを噛み切ってゆく。
死と冒険がまじりあって噴きこぼれるとき
かたくなな出発と帰還のちいさな天秤《てんびん》はしずまる。
（「新鮮で苦しみおおい日々」より）

この詩の中ほどには、「ちからをふるいおこしてエゴをささえ　おとろえてゆくことに

あらがい　生きものの感受性をふかめてゆき　ぬれしぶく残酷と悲哀をみたすしかない」という言葉が記されている。しかし、誰も、おとろえてゆくことにあらがうことなどできはしない。

あらためてそう思わないわけにはいかなかった。老いとは誰も争うことはできないし、あらがう必要もないのかもしれない。

背後から「ママ」という声がした。振り返るとスミレちゃんの袖を引っ張る女性がいた。まだ、少女っぽさを残してはいるが三十路《みそじ》に差し掛かった女性だった。

彼女を見て、俺は自分の目を疑った。

その女性は、紛れもなく、あの頃俺が憧れていたスミレちゃんそのものだったからだ。彼女は自分の娘をこの美術館に連れてきていたのである。考えてみれば、これは同窓会ではないので、家族連れでこの場所にいるのは何の不思議もない。不思議があるとすれば、年老いたスミレちゃんが連れていた娘が、若かりし頃のスミレちゃんに生き写しだったことである。

なるほど、と思わないわけにはいかなかった。

確かに、人は歳を重ね、容姿を失い、やがて地上から消えてゆく運命にある。それだけは誰にとっても避けられない、誰にでも平等な自然の摂理である。

しかし、同時に人は己の血を分けた分身をこの世に残すことができる。己の思想を共有してくれる若い後輩に未来を託すことができる。そうやって、人類は何世代もの時代をくぐり抜けてきたのである。

「おう、マル、来てくれたのか」

いつものように、あっけらかんとして明るい伊澤に声をかけられて、俺は我に返った。

案内された伊澤の絵は、全体が赤茶けた錆色で覆われていた。

錆色のキャンバスに描かれていたのは、白い線だけで構成された町並みだった。俺たちが大井町から出発した町歩きの中で見た工場街の光景が、その錆色の中に浮かび上がっている。絵の具を釘で引っ掻いたような線で描かれた錆色の町がそこにあった。俺はその絵に見とれてしまった。そして、絵の中の町に吸い込まれて行くような気持ちになった。

「凄い、錆が見えるよ」

俺は、絵の感想を述べる代わりにそう言った。何枚も何枚も錆色だけのキャンバスを見せられていた俺は、伊澤は錆色に取り憑《つ》かれてしまって作品らしい作品を作ることはできないままになるのではないかと危惧《きぐ》していた。しかし、目の前に展示された作品には、その錆色の中に、釘で引っ掻くように描かれた懐かしい町の光景が浮かび上がっていた。

よくここまで来たなと思った。

そうだ、お前は、時の締切まぎわの自分に出会ったんだよ。

それはこの会場に集まってきたクラスメート全員にも言えることだった。

紆余曲折《うよきょくせつ》を経て、俺たちはこの美術館の中に立っている。誰にとっても、それは簡単ではなかったはずだ。人数分の紆余曲折が、この場に集合している。

伊澤と言葉を交わしているうちに、俺は喫茶店「まがり角」に通っていた頃のことを思い出していた。

高校を卒業して最初に、性の対象として俺の目に飛び込んできたのは、地元の喫茶店「まがり角」で会ったジャスミンという女性だった。

ジャスミンの面影は、今では霧の中に霞《かす》んでいてよく思い出せない。それでも、中年を過ぎ、老人と言われる年齢になっても、時折、あの頃のジャスミンの面影が夢の中に現れる。意識の上では、ほとんど忘れており、覚めているときに思い出すことなどないのに、夢の中にだけ時折現れるのだ。会わなければ、ジャスミンはあの頃の瑞々《みずみず》しい美しい女性のままである。会えば、この会場で出会ったかつてのクラスメートのように、生命力あふれる野生の婆さんになっているのかもしれない。俺の夢の中に現れるジャスミンとは、すでにこの世には存在しないジャスミンである。

いやいや、もう夢も見ないだろう。

深い理由はないけれど、なんとなく、今日のこの日が、夢の終わりになる予感がする。それは、俺の中の幻想の終わりでもある。幻想が終わったところから、いったい何が始まるのか。

これで、充分じゃないか。

俺はそう自分に言い、そのまま美術館を出て帰ろうとした。

昔の学友たちに別れを告げて出口へと歩みだした。

出口付近には、まだ見ていない、いくつかの作品が展示されてはいたが、「錆色の町」の余韻に浸りながら、夕暮れの蒲田の町を歩いてみたいと思っていた。

出口の近くには数枚の小品が展示されていた。

その中の小さな作品の前でじっと絵を見つめているひとりの女性がいた。

その女性があまりに熱心に絵を観ているので、どんな作品なのか気になった。

俺はその女性の背後から、彼女が見入っていた絵を眺めた。

白木のフレームの中に収められた画用紙に描かれているのは、鉛筆デッサンのようであった。

しばらくすると、女性は絵にそっと会釈《えしゃく》をするようにして、その場を離れていった。

俺は、その女性がいなくなったのを見計らって、その絵の前に近づき、あらためてそこに描かれているモデルを凝視した。

白木のフレームの中には、年若いモデルが正面からこちらを見つめている絵があった。

その絵は、かなりラフなデッサンで、これから色付けされるのを待っているような作品であった。モデルは、柄の無いワンピースを着て、両方の腕をふくよかな胸の前で組んだ格好で椅子に座っている。なんだか、小学生か中学生が描いたような、上手いとはお世辞にも言えないような作品だったが、何度も何度も描き重ねられた筆跡はジャコメッティのデッサンに似ていなくもなかった。

上手なのか、下手くそなのかよくわからない不思議な作品だなと思いながら、俺は視線を画家の名前が書いてあるプレートに移した。

そのときだった。

電撃を受けたようなショックが俺の全身を貫いた。

「嘘だろ」

プレートには、もう、忘れたことさえ忘れていた名前があった。

「武谷次郎　一九七〇」

俺は、胸の鼓動が高まり、息苦しくなった。

「どうして、ここにあいつの作品があるんだよ」

俺は、武谷は一枚の絵も描かない画家だとずっと思っていた。

いくつかの習作は残していたということなのだろうか。

それにしても、誰がこの作品を、この絵画展に持ち込んだのだろう。

武谷のご母堂《ぼどう》は、まだ存命なのだろうか。いや、もうとっくに鬼籍《きせき》に入っているはずだ。

それとも、武谷の兄が、弟の形見のような作品を持っていて、この美術展に持ち込んだのだろうか。どこで、どういう経緯で、武谷の作品がこの美術展に持ち込まれたのか、その理由はわからなかった。

この度の「昭和─忘れられた街角」展の開催にあたっては、地元の図書館員が、大田区の美術家や写真家の作品の発掘に協力したという。あるいは、そうしたボランティアのつてで、武谷の残された作品が発掘されたのかもしれない。

しかし、そんなことは、どうでもよかった。

俺は、五〇年という歳月を経て、武谷の面影に出会えたことに感謝しないわけにはいかなかった。

五〇年、半世紀。

それは、随分長い時間だと思うかもしれない。しかし、その五〇年を生きてきた俺は、五〇年前の出来事であってもなお、新鮮さを失わないことがあるのを知っている。

ほんの、数週間前の出来事よりも、五〇年も前の出来事のほうが、鮮烈に思い出されることがあるのだ。

ただ、ひとつだけそれが直近の過去と違うのは、五〇年前の美少女は、老女になっており、当てもなく彷徨《さまよ》っていた青二才が、いままさに古希をまたごうとしていることだった。

俺よりも五つばかり年上だったジャスミンは、今では八〇歳ちかい老女になっているはずである。

確かなことは、すべては歳月という超越的な力の支配の前で、どうすることもできないまま年老いてしまったが、記憶の中に保存された恋人や友人だけは、いまもなお、若いままでいるということだ。絵画は空間だけを切り取るのではない。時間も二次元のキャンバスの上に保存している。絵を観るとは、画家が保存した空間や時間の中に入り込むということでもあるのだ。

俺はかなり長い間、武谷が描いた肖像画の前に立っていたが、そこに描かれた人物が誰であるのかはよくわからなかった。

「じゃあ」と声にならない声を出して、武谷に別れの挨拶をして、俺は美術館の出口に向かった。

広大な敷地の一角を占めている美術館の壁面に沿って木々が立ち並び、赤いレンガで囲まれた前庭の植え込みでは、百日草《ひゃくにちそう》やカワラナデシコ、ムギワラギクといった色とりどりの花が夏の日差しの中で揺れていた。

やがて、花の色が褪《あ》せる頃には、大銀杏の木々が黄色一色に染まる。

大銀杏の鮮やかな黄色。

その一枚一枚の葉は、この会場に集まった俺たちのようなものだ。

どこにでもある朽ちかけた葉が、最後の瞬間に美しく色づく。

俺は、どのくらいの時間、この美術館の中にいたのだろう。

夕暮れの美術館の庭のベンチに腰掛けながら、絵の前で出会った女性のことを思った。

懐かしさと、切なさが入り混じった不思議な感情が胸にこみ上げてきた。

藍大島紬《あいおおしまつむぎ》に草木染めの帯という出立ちで、長い黒髪は束《たば》ねてお団子《だんご》にして、朱塗りの箸を挿してまとめている女性は、おそらくは三〇歳か、あるいはそれを少し超しているような印象であった。その姿はあの頃のジャスミンを思わせた。

ジャスミンはすでに古希を超えているはずだから彼女がジャスミンであるはずはない。

にもかかわらず、止まってしまった時計が、急に動き出すように、ジャスミンの青春期のどこかで時間が止まってしまい、数十年のときを経て再び現代に蘇ってきたかのような感じだった。

ひょっとしたら。

俺は突拍子もない想像を巡らせたが、すぐにそれを打ち消した。

まさかそんなことがあるはずはない。

しかし、その想念はなかなか消えなかった。

もし、あの女性が見つめていた肖像画のモデルが、彼女の母親だとしたら。

ジャスミンは、ジャコメッティのモデルになった矢内原伊作のように、武谷の絵のモデルをしていたのだろうか。武谷の作品は終わりのない旅のようなものであった。ほとんど食事も摂らずに、描いては消し、描いては消すという作業の中で、武谷は次第に憔悴していった。

すべては俺の想像に過ぎないが、どこかで俺はそうであって欲しいと願っていた。

（了）

17 大田区には美術館がまったくないわけではない。大田区中央四丁目には大正、昭和の日本画壇の巨匠、川端龍子の記念館がある。洗足池には勝海舟記念館もあるが、こちらは美術館というよりは、あくまでも勝海舟を記念した展示館である。隣町探偵団が、洗足池にあった遊休施設だった洋館を活用できないかと区の議員に持ちかけたのが記念館設立の発端であった。

◉主要参考文献—引用を含む

堀川正美詩集　思潮社　現代詩文庫
太宰治『走れメロス』筑摩書房
ベルトルト・ブレヒト『ガリレイの生涯』岩波文庫
寺山修司『ポケットに名言を』角川文庫
吉本隆明『真贋』講談社文庫
芥川龍之介『蜜柑』青空文庫
藪野直史『やぶちゃん版芥川龍之介詩集』
ヘルマン・ヘッセ『デミアン』新潮文庫
鮎川信夫詩集　思潮社版現代詩文庫
小関智弘『羽田浦地図』現代書館
安東次男詩集　思潮社　現代詩文庫
マラルメ詩集　岩波文庫
ヴィヨン全詩集　岩波文庫
富永太郎詩集　思潮社　現代詩文庫
矢内原伊作『ジャコメッティとともに』筑摩書房
吉本隆明『敗北の構造』弓立社
大田区史　東京都大田区　大田区史編さん委員会
蒲田町史　蒲田町史編纂会

著者略歴

一九五〇年、東京・蒲田生まれ。文筆家、「隣町珈琲」店主。早稲田大学理工学部機械工学科卒業後、翻訳を主業務とするアーバン・トランスレーションを設立。一九九九年、シリコンバレーのBusiness Cafe Inc. の設立に参加。二〇一四年、東京・荏原中延に喫茶店「隣町珈琲」をオープン。著書に『小商いのすすめ』、『「消費」をやめる』、『21世紀の楕円幻想論』、『移行期的混乱』、『俺に似たひと』、『株式会社の世界史』、『共有地をつくる』、『ひとが詩人になるとき』他多数。

マル

二〇二五年三月三一日　第一刷発行

著者　平川《ひらかわ》克美《かつみ》
発行者　岩瀬朗
発行所　株式会社 集英社インターナショナル
〒一〇一-〇〇六四　東京都千代田区神田猿楽町一-五-一八
電話　〇三-五二一一-二六三二
発売所　株式会社 集英社
〒一〇一-八〇五〇　東京都千代田区一ツ橋二-五-一〇
電話　〇三-三二三〇-六〇八〇（読者係）
〇三-三二三〇-六三九三（販売部）書店専用
印刷所　TOPPAN株式会社
製本所　ナショナル製本協同組合

ISBN 978-4-7976-7461-3 C0095